情敵

葉念琛 著

代序 P4

佘詩曼 麥玲玲 唐詩詠 佘香凝 麥明詩 劉佩玥

序言 P10

説明書

序幕 P12

你當然幸福啦！搶男朋友的手段這麼高強！

〈一〉P20

愛情讓人迷失理智，愛得愈深，人卻愈蠢。

〈二〉P54

我什麼都沒有，還有什麼可以輸？

〈三〉P76

從認識你那天起，你就沒一次不遲到的！

〈四〉P94

難道我們會為了一條裙子傷和氣？

〈五〉P122

你再跟他在一起，他會打死你的！

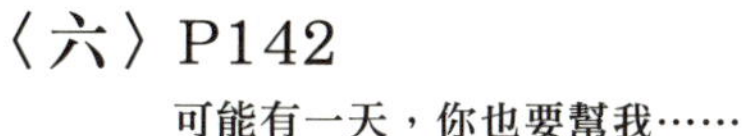

〈六〉P142
可能有一天，你也要幫我……

〈七〉P168
我只不過是一隻可有可無的棋子？

〈八〉P188
你朋友是方太太？

〈九〉P202
仇恨在寶身體裡已經是一頭怪物。

〈十〉P213
我太了解你，你會為錢做任何事！

尾聲 P225
好朋友之間，是應該說真話的！

後記 P235
談戀愛切記居安思危……

葉念琛鏡頭下嘅愛情
從來都唔完美……
睇葉導嘅戲，
你學識愛情係戰場；

睇葉導嘅書，
你先知道
情敵先係你最好嘅教練。

而情敵最恐怖唔係搶走你愛嘅人，
而係令你發現，
原來你同佢，
根本冇分別……

佘詩曼

2025年6月16日

葉念琛陪伴不少人成長，

是一代都市愛情寫實高手，

新作延續透徹細膩風格，

道盡情感百態，

隱約看到身邊男女的側影。

麥玲玲

2025 年 6 月 16 日

誰是「情敵」？

我想：
執着於一段已變質的
愛情，
你就是你的情敵。

放下一段只有你在拼命的關係，
誰也不能成為你的情敵。

在葉念琛導演他的獨特愛情世界內，
不論是電影還是小說，
他總會給你一個最真實又殘酷的答案。

唐詩詠

2025 年 6 月 17 日

現在我最大的「情敵」
應該是我的女兒了！

愛情世界中的「情敵」故事，
久違了
所以還真要看看
葉念琛導演的最新小說
好好 「回味」一番。

余香凝

2025年6月16日

與葉導合作多年，
佢教我愛情戲的精髓
不在於浪漫，
而係真實。

《情敵》教識我：
成績可以努力得來，
但幸福要爭取回來！

麥明詩

2025 年 6 月 20 日

從葉導的第一個作品，
到第一次演出他的作品，
我學習到最重要一課是：
在所有甜言蜜語面前，
首先要不顧一切狠心的愛自己。

情敵，往往不是別人，
而是那個沉溺欺騙自己的自己。

劉佩玥

2025 年 6 月 16 日

序

說明書

曾經不少人問過我，拍了這麼多年愛情電影，那你還相信愛情嗎？

面對這個問題，我每次答案也一樣。

「我相信愛情，但不相信關係！」

我相信人與人之間會一見鍾情，但更深信人與人之間會反目成仇。

愛上一個人，容易；但要維繫一段關係，很難。

時光流逝，世事無常，誰敢保證感情一定細水長流，無風無浪？

《情敵》故事中，要說的就是感情裡頭，從來存在着一種不穩定，那叫「人性」。

管你是如膠似漆的一對有情人，還是曾經患難與共的一對好姊妹，只要是關乎自己的利益和幸福，到頭來都可以忘恩負義地互相廝殺！

情場如戰場，是要愛就要搶，也要先下手為強！

葉念琛筆下的愛情故事，從來不是溫柔的童話，卻是令你面對殘酷現實，了解險詐人性的說明書！

是為序。

葉念琛

2025 年 6 月 20 日

P.S.
這本小說得以面世，
謝謝仁哥施仁毅先生全力支持！
銘記於心。

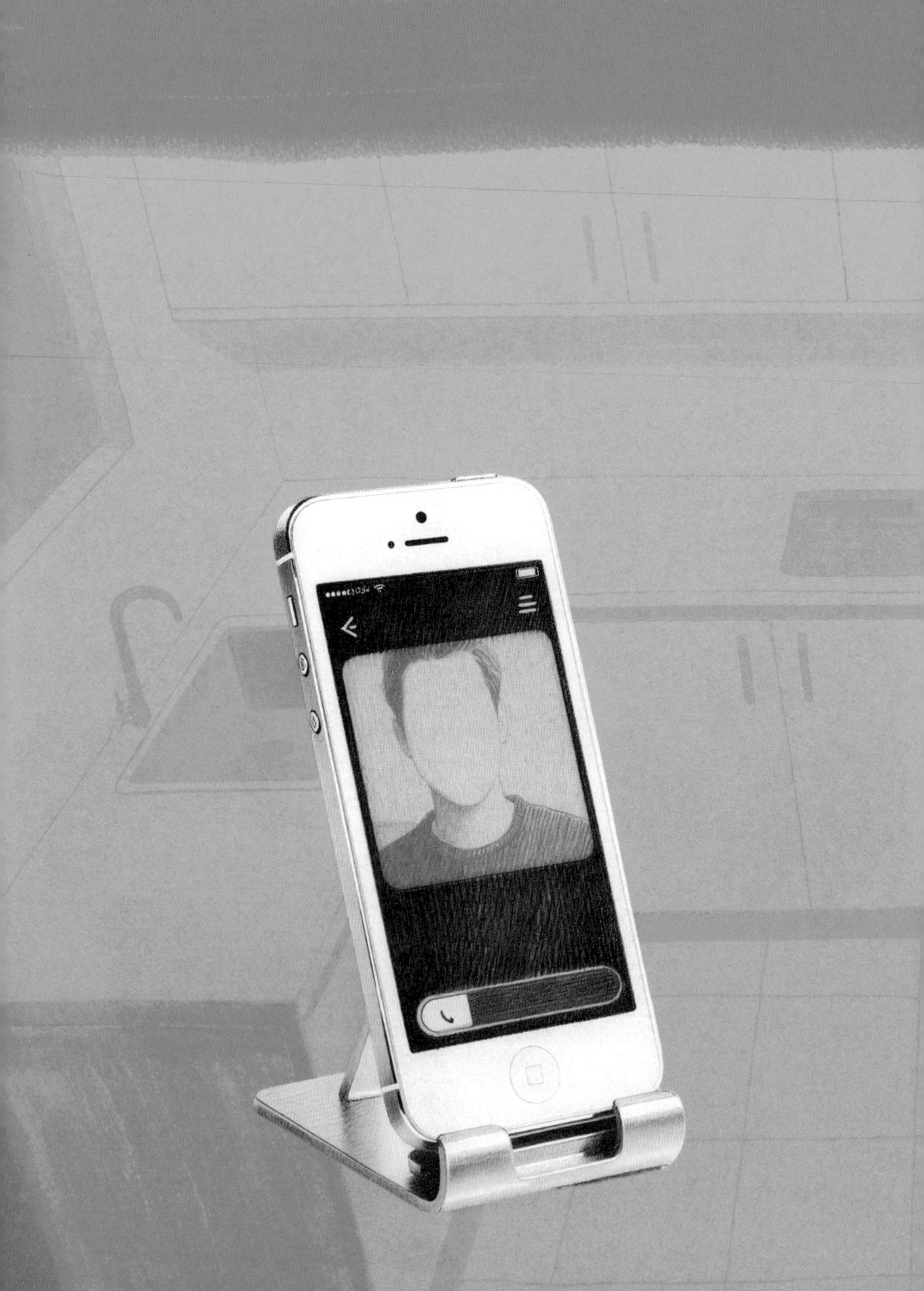

你當然幸福啦

搶男朋友的手段這麼高強

序幕

你當然幸福啦！

搶男朋友的手段這麼高強！

佈置整齊，窗明幾淨的小公寓。

魚缸裡幾尾金魚優哉悠哉在暢泳。

大廳中央放了一盆文心蘭，清幽典雅，花香撲鼻。

房子四周都放滿了屋主家明和琪琪的生活照，相中琪琪和家明曾經遊歷世界各地，從馬爾代夫到巴黎，北海道到蘇梅島，彷彿天涯海角都留下小倆口甜蜜恩愛的笑臉。

此時，茶几上電話響個不停。

只見束著馬尾，披上圍裙，淡掃鵝眉的琪琪，匆匆忙忙從廚房裡跑出來，一手接聽電話。

電話筒那邊，傳來一把殷勤有禮的聲音：「小姐你好，我是幸福財務客戶服務主任，請問你最近有沒有貸款需要呢？我們幸福財務會盡心盡力為你計劃幸福人生……」

琪琪眉頭一皺，但依照保持修養：「不好意思，我暫時不需要……我現在沒空，再見！」

琪琪匆匆掛斷電話，一溜煙又走進廚房。

廚房裡，原來琪琪正在預備晚餐，她拿起刀斬瓜切菜，刀法俐落。

可是，客廳電話又響起來。

琪琪又跑到客廳接電話，電話筒那頭又傳來那個推銷員的聲線：「小姐，還是我！」

琪琪語氣顯得不耐煩：「又幹嘛？」

「小姐！你有沒有覺得自己的人生不夠幸福呢？有的話不妨和我聊聊，我們幸福財務會盡心盡力為你計劃幸福人生……」電話中那個推銷員滔滔不絕。

「有需要的時候我會打給你！」説罷，琪琪怒氣沖沖掛斷電話。琪琪正欲回廚房繼續幹活，但說時遲那時快，電話又響起來。

琪琪今次真的忍無可忍，拿起電話，連珠怒罵：「我跟你說最後一次，我不需要你的服務，因為我現在很幸福！」

但電話筒那邊，卻傳來另一個聲音！

「你當然幸福啦！搶別人男朋友的手段這麼高強！」一把神秘女孩子幽幽地說道。

琪琪聽見女子的聲音，如遭電擊。

琪琪過了半響才張嘴：「你怎麼知道我家電話？」

女子不慌不忙：「從你搶走家明那天開始，你就應該知道我不會這麼容易放過你！」

琪琪理直氣壯：「我沒有搶走家明，是他已經不再愛你啦！」

「你說謊！家明很愛我，就是因為你，把他搶走了！」女子語帶激動。

琪琪冷笑一聲：「是嗎！你說家明這麼愛你，有本事你就把他搶回去呀！只怪你做了那麼多錯事，他不會再信你的啦，你還是死心吧！」

電話筒那邊變得一陣沈默，女子彷彿被琪琪刺中要害。

此時，琪琪家門打開，正是他男友家明下班回家。

家明是一個溫文有禮，樣貌敦厚的年輕男士。

「寶寶！我回來了！你和誰聊電話呢？」家明看見琪琪手上拿起電話。

琪琪噤聲不語，心中有鬼，不想給家明知道是誰來電！

「怎麼了？不想讓家明知道是我呀？家明還是喜歡打紅色領帶呀？挺襯他的！」電話筒裡的女子忽然開口。

琪琪驟感心裡發毛，她驚詫女子就在身邊！

琪琪語聲震抖：「你在哪裡？你藏在哪裡？」

琪琪神經兮兮地不斷張看周圍，又走到窗臺打開窗簾，面前是一幢又一幢大廈，她根本就看不見女子身處何方。

家明看見琪琪的奇怪舉動，大感愕然。

「寶寶！你怎麼了？外面有什麼呀？」

琪琪機警地把窗簾拉上，但手上電話裡的那個她，繼續說話。

「你以為把窗簾拉上我就看不見你？快去廚房，你燒的水就快開啦！」

廚房裡的熱水壺不斷呼出蒸氣，且發出刺耳的氣笛聲。

家明大為緊張：「水開啦！你還說電話！」

家明一支箭跑進廚房，關掉爐頭，抹一把汗。

琪琪情緒失控向著電話咆哮：「你想幹嘛，你說呀！」

女子感到琪琪被刺激，大感痛快：「今天你是不是叫人到家裡檢查煤氣呀？你真的肯定那個人是煤氣公司派來的？」

琪琪心中湧現一陣不祥之兆。

「你說的對！我沒本事把家明搶回來，但是我有本事讓你不能和他在一起！」

女子說完突然掛斷電話。

此時琪琪背後傳來家明的聲音。

「我先洗澡啦！」

琪琪回頭想叫住家明，一切已經太遲！

愛情讓人

迷失理智

愛得愈深

人卻愈蠢

一

愛情讓人迷失理智，
愛得愈深，
人卻愈蠢。

一年前。

陽光燦爛的下午，寶笑容滿面地到達家明的辦公室。

寶步進辦公室，跟同事友善打招呼，十分熟絡的樣子。

寶來到家明的辦公室，偏偏不見他的蹤影。

此時家明秘書小美進來放下文件，發現了寶。

「鄺小姐！來找老闆吃飯呀？」

「是啊，人呢？」

「好像去了瑪麗的辦公室了，我去告訴老闆你來了……」

「不用了！我自己去找他了！」

小美臉上閃過一點遲疑和為難。

寶問小美：「怎麼了？有問題嗎？」

小美假裝鎮定：「沒事我先去工作！」

小美借意告辭，一溜煙不見了。

寶借步經過瑪麗的辦公室，卻在在門外已經聽見家明和瑪麗在竊竊細語。

「老黃那邊你跟他說，只要一天還未看見政府的勾地通知書，我們絕不會出價……」

「說過了！他說晚上吃飯時再聊！」

「你跟他吃吧！我看見他就沒胃口……」

瑪麗辦公室房門半開，寶從門縫中看見家明和瑪麗原來坐在沙發上，瑪麗的頭靠在家明懷裡，狀甚親熱。

家明一直牽著瑪麗的手。

目睹一切的寶晴天霹靂，失魂落魄退後兩步，竟撞倒了一位路過的公司職員。職員手上文件散落在地。

「不好意思，鄺小姐！」職員向寶致歉。

寶掩飾自己的無措，正想幫忙職員收拾。

此時，家明從瑪麗房間走出來，發現了寶！

「阿寶！你來了？爲什麼不先打給我呀？」

「我也是剛剛到嘛……」

家明刻意試探：「你怎麼知道我在這裡？」

「不是啊，我只是要去洗手間嘛！」

「我再和瑪麗說兩句就能吃飯了，你先去辦公室等我吧……」

寶點頭，轉身離開。

寶在房間的玻璃倒影瞥見房裡的瑪麗翹著手注視自己，一臉敵意。

寶低頭，不敢跟瑪麗有眼神觸碰，逕自向洗手間方向走去。

※　※　※

一輛跑車在高速公路飛馳，車廂裏，寶一直悶悶不樂，家明也嗅到氣氛有點不對勁。

「不舒服呀？」

「不是呀！」

「從剛才吃飯到現在，你一句話都沒說」

「瑪麗和男朋友最近感情怎樣？」

家明回答：「好像挺好的。」

「不是說快結婚了嗎？」寶追問下去。

家明冷冷道：「是吧……人家的私事我怎麼知道……」

「你不是跟她挺熟的嗎？」

「我們只是合作夥伴，除了工作，很少提私事……」

寶半信半疑：「真的嗎？」

家明本想再解釋下去，但寶已別過了臉，視線投落在外頭快速掠過的風景。

車廂氣氛像零度凝結，半響，家明：「後天我和瑪麗去北京談生意，過幾天回來！」

汽車在紅綠燈前停下來。

本來陽光普照的天空忽然烏雲密佈，下起雷陣雨。

街道上路人爭相狼狽避雨。

※ ※ ※

夜深時份，寶一夜難眠，輾轉反側。

寶腦海裡都是今天在辦公室看到家明和瑪麗相偎親熱的畫面。

忽然，睡在寶旁邊的家明不知何時醒來，他的的手在被窩裡靠向寶的身體。

家明把嘴貼向寶，寶有點很不情願。

但慾火中燒的家明卻沒有理會寶，他把寶擁在懷裡，雙手在她身軀為所欲為。

寶最後也放棄抵抗了。

在這個無眠的晚上，寶也只求一點溫暖和慰藉。

寶在家明耳邊輕輕問句：「你愛我嗎？」

家明不假思索：「愛！」家明雙手在寶的乳房輕揉，慢慢從她肚子一直往下邊撫摸。

寶心裡明白，這個時候的男人說的話又怎能當真？

但寶依然願意相信，只因她太愛這個男人了。

只要聽到從他口中吐出了一個愛字，總讓寶多一份心安理得。

愛情讓人迷失理智，愛得愈深，人卻愈蠢。

正當家明長驅直進之際，放在桌上家明手機驀地響起來。

家明拿著電話一看，頓時興致全消，匆匆忙忙地從床上爬起來。

家明接聽來電：「喂……！你等一下」

家明向寶輕聲道：「沒煙了！我出去買！」

家明也不等寶回應。匆匆換過衣服出門。

家明走後，寶落寞地走進浴室，她肯定電話是瑪麗打來的。

寶痛恨瑪麗這個狐狸精，愈來愈明目張膽侵佔她跟家明的生活。

寶再也按捺不住，對著鏡子裡的自己嚎號大哭。

※ ※ ※

又是一個鬱悶的下雨天。

寶駕車送家明到機場，路上下著滂沱大雨。

汽車窗前水撥在寂靜中律動，劃破了前路，車內車外都一片模糊。

車子到達停車場，家明急不及待欲下車。

寶主動跟家明吻別，但家明生怕給人看見的樣子，那個吻別輕得稍瞬即逝。

「不用送啦！我到酒店打給你……」家明匆匆打發寶。

家明下車，關門，轉身離去。

此時，遠處有一房車停下。

車廂中的寶一眼發現瑪麗和男友鎮東從車廂步出。

家明和瑪麗二人打個照面，但家明竟沒有跟鎮東打招呼，他只是站在原地，看著瑪麗和鎮東道別，然後二人一起步進機場。

寶目送家明和瑪麗的身影在視線中慢慢消失。

寶抬頭望著天空，心裡想著，今天應該不會出太陽了，不知在什麼時候，一滴淚不知不覺已經掛在寶的臉上。

※ ※ ※

家明和瑪麗到埗北京，離開機場。

換了一個地方，家明和瑪麗旁若無人，手拉手上了計程車。

家明和瑪麗有影皆雙出席客戶王總和趙總的飯局。

瑪麗雖然是女流之輩，但酒量絕對不遜於在座每位男士，杯杯乾盡杯杯清。

王總又倒了滿滿一杯敬瑪麗：「李小姐！再來！杯莫停！」

瑪麗豪邁地一飲而盡，王總和趙總鼓掌助慶。

瑪麗唸起唐詩：「人生得意須盡歡，莫使金樽空對月！」她大叫大嚷：「服務員！拿酒來！」

瑪麗八面玲瓏的交際手腕把趙總和王總哄得貼貼服服。

酒過三巡，瑪莉已經醉得滿臉通紅，步履不穩。

家明在旁看著瑪麗的醉態，暗自擔心。

家明在瑪麗耳邊慰問：「別喝了！你醉了！」

瑪莉絕不認輸：「我哪有醉！等我上完廁所再回來喝！」瑪麗走了兩步又回頭叮囑家明：「趁這些老傢伙喝多了，趕緊讓他們簽約呀！」

家明會心微笑：「知道了！多寫兩個零好不好？」

瑪麗嫣然一笑：「那就靠你啦！」

瑪麗忽然感到五臟翻騰，表情痛苦，急忙衝入洗手間裡去了。

午夜時份，家明狼狽地扶著爛醉如泥的瑪麗從酒樓出來，在街上等計程車。

瑪麗醉得大吵大鬧：「我不走！我要回去繼續喝！」

家明沒好氣地道：「還喝什麼呀？人都走了！」

瑪麗酒醉三分醒：「走了？那誰簽約呀？完了！這筆生意泡湯了！」

家明得意洋洋舉起公事包：「都簽了！合約在這裡！」

瑪麗興奮莫名，大力拍掌：「生意做成了！我們回去繼續喝！好好慶祝！」

瑪麗在街頭忘形大叫，手舞足蹈，差點衝出馬路，險象環生。幸好家明一手把她抱進懷裏才免生意外。

瑪麗此時把頭靠在家明懷中喃喃自語：「好溫暖！好舒服！」

瑪麗在家明懷中不省人事。

家明眼看一輛又一輛計程車從家明身邊絕塵而過，天寒地凍，衣履單薄的家明，打著哆嗦很無助。

等了不知多久，終於有一輛計程車停在家明面前。

家明和瑪麗上車。

家明對司機報上地址：「司機，麻煩你去千禧大酒店！」

倒後鏡裡反射出計程車司機的樣貌，不是別人，竟是琪琪。

計程車終於到達目的地，爛醉如泥的瑪麗不肯醒來，家明一個人根本不能把她抬出車廂，不知如何是好之際，琪琪回頭向家明道：「讓我幫你！」

家明此時才跟琪琪打照面，坐在後座裡的他一直看不清駕駛座的琪琪，這時才驚訝這個女司機竟長得如此臉容秀氣，身上的白恤衫一塵不染，氣質似一個斯文教師而不是計程車司機。

家明對琪琪看得出神，此時，琪琪輕輕拍他肩膀。

「先生，要我幫你嗎？」

家明此時定下神來，感激點頭：「謝謝你！」

※　※　※

好心的琪琪幫助家明把酩酊大醉的瑪麗送回房間。合二人之力把瑪麗安頓在床上。瑪麗熟睡如一頭豬，已經呼呼打盹！

家明滿頭是汗，鬆一口氣。

家明掏出鈔票打賞琪琪。

琪琪在家明面前數數鈔票，她只肯收車資。

琪琪把多出的錢還給家明：「你給多了……」

家明不肯收：「你收下吧……謝謝你！」

琪琪二話不說把錢放在桌上，轉身就走，離開房間。

琪琪的正直讓家明留下深刻印象。

家明這才發現琪琪的皮包落在瑪莉的床邊。

家明拿著琪琪的皮包走出酒店，但琪琪的計程車早開走了。

家明不放棄在大街小巷跑了一圈，也不見琪琪的蹤影。

失望的家明正要回酒店，卻聽見遠處一對男女在爭吵。

家明定神一看，那女孩子竟是琪琪。

只見琪琪和一個男人在街上拉扯，男人滿臉通紅，似是喝醉了，他用力揪住琪琪的頭髮，琪琪拚命掙扎。

琪琪痛極大叫：「放手呀！救命呀！」

男人對著琪琪咆哮：「今天晚上再不給我錢，我和你一起死！」

男人一巴掌朝著琪琪的臉打下去，琪琪躲避不及，頭昏腦脹的摔在地上！

男人對琪琪的傷勢視若無睹，步步逼近：「少裝蒜！起來，把錢給我！」

琪琪梨花帶雨：「沒有！你殺了我也沒有啦！」

男人殺得瘋了，變本加厲地咒罵琪琪：「你想一走了之，沒那麼容易，你不給錢，那我要你賤命，一起陪葬！」

男人正想把琪琪拉起來再打，此時，家明衝上前阻止。

「住手！住手！」

說時遲那時快，家明混亂間中了男人一記重拳。

家明撞向牆邊，金星四冒，嘴裡吐出一口鮮血。

男人見狀大驚，他是欺善怕惡，又不知道橫裡殺出的家明是什麼底細，馬上手忙腳亂。

男人強裝鎮定地問家明：「你是誰呀？」

家明扶起琪琪，琪琪跟他面面相覷。

家明挺起胸膛告訴男人：「我是她朋友！」

琪琪一怔，她根本連家明姓甚名誰都不知道。

「你怎麼認識我老婆的？她是你的姘頭呀？」男人滿臉狐疑。

琪琪搶白：「你胡說什麼！」

家明恫嚇男人：「你快點走啊，不走我打電話叫公安啦！」

男人心忖無緣無故跑出一個陌生男人為琪琪出頭，對自己實在不利，權衡利害，還是走為上策。

男人臨走還裝兇作勢：「賤人！今天晚上就放過你！你再不給錢，我還會找你的！」他更走到家明跟前下馬威：「哥們！我記住你了，你等著瞧！」

男人終於悻悻然離開。

家明慰問琪琪：「你沒事吧？」

「應該我問你才對！」

只見家明手上流著血，一定是剛才被強一拳痛擊時，跌在地上不小心擦傷了。

琪琪問家明：「你怎麼會在這裡？」

家明苦笑，亮出了琪琪遺下在房間的皮包。

琪琪心頭生起一份莫明的感動。

※　※　※

琪琪帶家明回家，體貼地幫他包紮傷口。

琪琪小心翼翼幫家明在傷口消毒：「痛嗎？」

家明咬緊牙根：「忍得住。」

琪琪看著家明忍痛的樣子，嗤的一聲笑了出來。

家明像被拆穿西洋鏡般尷尬。

家明打量琪琪的家，座落在破舊的小胡同裡，屋裡家徒四壁，傢俱和佈置都經歷了歲月的痕跡，心忖琪琪的環境必定過得很艱苦。

唯獨是客廳正中的餐桌上放了一盆蘭花，蘭花開得風華正茂，即時把房子裡的破落氣氛弄得典雅起來。

家明打開話閘子：「剛才那個人真是你丈夫？」

「爲什麼這麼問？你覺得他不配我還是我不配他呀？」

「他那樣對你，你爲什麼不報警？」

琪琪自言自語：「他以前不是這樣的！阿強以前對我很好的……」

琪琪想到這裡說不下去，雙眼眨紅。

家明也不好意思再追問，他跟琪琪只是萍水相逢，沒理由揭人傷疤。

「不管怎樣，打人就不對！再這樣下去他會要你的命！」但家明還是忍不住開口告誡琪琪。

「這個時候他更需要我，我走了他身邊就沒人了！」

「你是被虐狂啊？再不走會被他打死的！」

「愛一個人從來都是自作自受，你沒愛過人嗎？」

「我們對愛的看法很明顯不同！」

家明和琪琪面面相覷，氣氛變得尷尬。

琪琪轉換話題：「你餓不餓？我去煮麵，煮一碗給你？」

「不用了！太晚啦，我回去了！」

「吃吧，就當是報答你的救命之恩！」琪琪忽然對家明亮出一副哀求的樣子。

家明首次感受到琪琪真是有一份難以抗拒的魅力。

不一會後，一碗熱騰騰的蔥花湯麵已經放在家明面前，香味撲鼻。

家明開懷大嚼，津津有味的樣子。

琪琪蹲在家明面前，定神注視家明吃麵的饞嘴相。

家明問琪琪：「你呢？你怎麼不吃呀？」

「我不餓！而且開了一天工，滿身臭汗，先去洗個澡！」

家明此時才記得問琪琪：「還不知道你叫什麼呢？」

「我叫琪琪！」

琪琪說罷，笑盈盈地站起來走進浴室。

琪琪的樂觀讓家明嘖嘖稱奇，她剛剛才被丈夫拳打腳踢，現在又好像若無其事一樣。

家明在琪琪家裡四處察看，還是被那盆蘭花深深吸引。

家明把頭湊向蘭花，陣陣花香讓他有一份心曠神怡的感覺。

家明從此愛上了這份氣味。

家明突然被眼前的畫面懾住心神。

原來那盤蘭花後面的窗子，竟然對著外頭小屋的浴室。

浴室的窗半開半合，一個婀娜的女孩子身影正在寬衣解帶，那人正是琪琪。

雖然距離很遠，但家明還是清楚看見那白皙勝雪的肌膚和玲瓏浮突的線條。

家明偷看了一陣子，才自責實在孟浪，靜靜地轉過臉。

但是家明一直心跳加速。

當琪琪洗完澡回到客廳，家明已經不在。

在蘭花的旁邊，琪琪發現了家明留下了名片和一點錢，還寫了一封便條。

便條上寫著：「很高興認識你！有事找我！珍重！家明上」

※ ※ ※

折騰了一夜，家明回到酒店，已經天剛魚肚白。

倦極的家明躺在床上，倒頭大睡。

但睡著沒多久，又被房間電話吵醒。

家明惺忪接電話，電話筒那邊是怒氣沖沖的寶：「你爲什麼整晚不聽電話？」

家明佯裝喝多了：「現在幾點了？」

寶大興問罪：「我問你爲什麼整晚不聽電話呀？」

「我喝多了，很回來躺在床上便不省人事！我睡醒再打給你……」

家明不耐煩地掛斷了寶的電話。

電話筒那邊的寶，吃了一記悶棍，憤憤不平，又不敢發作。

※　※　※

陽光燦爛的早上，家明和瑪麗在酒店共晉早餐。

一覺醒來的瑪麗容光煥發，胃口更是不錯，在家明面前開懷大嚼。

瑪麗一邊吃早餐，一邊翻閱昨晚家明跟王總簽訂的合約。

「早知道那些老傢伙這麼容易搞定，我們就應該把價錢標高一倍以上……！」

「這個價錢已經很好了！」

「哪有人會嫌錢多的！」

「做生意，大家好來好去，有來有往比較好！」

瑪麗仍勢不饒人：「就因為是做生意！不是過日子，幹什麼要好來好去呀？！」

「那我和你呢？是做生意還是過日子呀？」瑪麗不虞家明有此一問，心中有鬼。

「我下個月結婚啦！」瑪麗似乎有意提醒家明。

家明追問瑪麗：「你真的那麼愛他？」

「你知道的，我愛他的錢多一點！」

「那我呢？」

「我愛你的人多一點！」

「如果我有更多的錢呢？」

瑪麗終於坦白：「那我就愛你多一點啦！」

家明打量著瑪麗那張讓不少男人砰然心動的臉孔，瑪莉的嘴形好看，像一顆讓人垂涎欲滴的櫻桃。她喜歡有意無意會抿一抿嘴，像要和人接吻的前奏。

家明從前也因為這樣被瑪莉迷得神魂顛倒。

但是這一刻，家明再看眼前的這張臉，卻嫌一切太刻意了。

瑪莉連吃早餐也要濃妝艷抹，說話時張開嗓子，整天盤算怎麼在生意和人生裡佔盡別人的便宜。

瑪莉心中的貪婪就像她化的妝，愈來愈濃，愈來愈著跡。

此時此刻，家明突然已經厭倦了這張臉孔。

※　※　※

回到房間，家明有點想念琪琪，他的視線不禁投落在手機，暗自思量著她會不會來電？

此時，家明手機響驀地起。

家明伸手接聽，卻是一把男人粗暴的聲音。

「馬上把錢拿來！要不我就打死她！」

家明認得男人的聲音是琪琪的丈夫強。

家明聽到電話傳來琪琪的叫喊：「你瘋夠了沒有？我不認識他的！你別騷擾人家！」

家明收到強的恐嚇來電後，三魂不見七魄地離開酒店。

家明乘計程車去琪琪家，但兜兜轉轉找了半天，也找不到琪琪家的位置。

家明心焦如焚，此刻腦海中已經不斷閃現可憐的琪琪又被強拳打腳踢的慘痛畫面！

計程車在小巷中兜兜轉轉，家明終於到達琪琪家。

家明下車，映入眼簾，只見琪琪家門虛掩，家明心中浮現一陣不祥之兆！

家明小心翼翼推門步進，眼前一片淩亂，只見強攤在沙發，地下放滿一個個空酒瓶。

強滿身酒氣，連站在遠遠的家明也掩鼻欲吐。

家明當然無暇理會強，一心只著緊找尋琪琪的蹤影，終於在沙發後發現她的身影。

琪琪綣縮在地上，滿臉傷痕，一嘴是血。

強爛醉如泥的強發現家明出現，卻依然露出無賴的表情：「賤人，你想這樣就走了？我告訴你沒這麼容易！我死也要拉著你陪葬！」

家明正想衝前扶起琪琪，怎料強卻擋住他去路。

家明對著強大喝一聲：「你還有人性嗎！她是你老婆呀！」

「你也知道他是我老婆啊，我怎麼對她與你何干？」

「你讓我先把她送去醫院！她流了很多血！」

「想走可以！先給錢！」

「好！你和我一起去醫院，然後我再把錢給你！」

強奸計得逞，流露歡天喜地的樣子：「夠爽快！這個賤人還說昨晚剛認識你，真把我當傻子了？」強喝了一大口酒，揶揄家明：「就算是傻子也是你，被他騙的老媽姓什麼都不記得！」

家明沒有反駁強，當務之急只想把琪琪救出魔掌。

家明蹲下扶起琪琪，受傷的琪琪神智迷糊。

家明關切地問琪琪：「你怎麼樣？」

琪琪睜開眼見到家明，不禁大吃一驚。

「你為什麼真的來……」

「不用怕，我現在送你去醫院……」

「對不起……」

「你不要再說了……」家明此時抬頭呼喝袖手旁觀的強：「你還站著幹什麼！過來幫忙啊！」

強仍在耍無賴：「你要守信用，去到醫院記得給我錢！」

家明對著強怒斥：「你給我快去叫車！琪琪要是有生命危險，你休想要我錢！」

見錢開眼的強一溜煙地跑到外頭叫車。

家明攙扶著奄奄一息的琪琪，離開家裡。

※ ※ ※

家明終於把琪琪送到急診室。

手術室外，琪琪在裡頭接受治療，家明憂心忡忡地等待，倒是強還有心情在電話裡高談闊論。

「行啦！你開間最大的房，今晚我請客！多叫點人來，

最好全都是美女！我是不是發財了？哈哈哈！今天遇到財神了！我在哪兒？關你什麼事！就這樣啦，我到了再打給你！」

家明看著強說電話時一臉涼薄相，心中一百個問號，溫柔善良琪琪怎會愛上這種禽獸不如的壞男人？

強掛了電話，殺氣騰騰走到家明面前。

「喂！你還不把錢給我？大爺我趕時間！」

「你真的一點都不關心你老婆？她還在裏面呢！你不擔心她有危險呀？」

強冷血得若無其事：「她已經被我打慣了，賤骨頭命硬著呢！能有什麼事呀？」

家明教訓強：「她是個人！她是你老婆！她被你打不是因為她賤，是因為她還愛你！」

強不甘被家明在眾目睽睽下痛罵，正想還擊之際，此時，醫生和護士從急症室走出來。

家明走近醫生，詢問琪琪的傷勢。

「醫生！剛才送進來女孩怎麼樣了？」

醫生打量家明：「你是病人的……」

家明不知怎樣回答：「我……」

強衝上前：「我是她老公！她剛才在家中摔了一跤，她沒死掉吧？」

醫生白了強一眼：「幸好全部都是皮外傷，我們檢查過沒傷及腦部神經」對著強一臉懷疑：「一個大人怎麼能摔成這樣？你說你是她老公，到底是怎麼回事呀？」

強撒賴口吻：「我怎麼知道！我要出去掙錢，哪有空看著她呀！她可能發神經不小心撞牆了，不行呀？」

「醫生！病人用不用留院觀察呀？」只有家明還是關心琪琪傷勢。

「她吵著要出院，說要趕著開工！」

「對呀！死不了住什麼醫院呀？佔著茅坑不拉屎。」

家明問醫生：「我可不可以進去看看她……」

「可以！」

「謝謝醫生！」

醫生白了強一眼，再叮囑家明：「如果病人堅持出院！請帶她到一處安全地方！」

家明走進急症室，琪琪已經坐在床上穿鞋準備離開。

琪琪臉上貼上膠布，手上的瘀傷清晰可見

琪琪看見家明出現，一臉內疚：「不好意思，又麻煩你一次……」

「爲什麼不留院觀察？」

琪琪搖頭：「醫藥費太貴了！你看我又沒事，能走能跑！今晚還要開工呢！」

此時，麻煩的強走進來。

強死心不息地追問家明：「兄弟！你什麼時候給錢？」

琪琪上前把強推開。

「你別再纏著人家啦！我們的事跟他沒關係，你走吧你！」

「閉嘴賤人！男人說話別插嘴！兄弟！今天你不給錢咱們就一拍兩散！」

琪琪對家明道：「你走吧！不用理他，他是瘋子！」

強隨手拿起椅子，擋在家明面前：「你敢走！」

家明鎮定得很：「你不用擔心，我不會走！要不你開個價，多少錢才肯離開琪琪？」

強慢慢放下椅子，面容由憤怒變回歡容：「那就要坐下慢慢談了……」

家明轉身望著琪琪，他誠懇的表情告訴了琪琪，萬事包在他身上。

從此以後再沒有人欺負她。

大概每個男人大概都有一份保護弱小婦孺的英雄感，家明也不例外，他這次找到對象了！

※　※　※

最後，家明把琪琪和強帶到酒店大堂。

家明一個人站在門口，似在等待一個人。

沒多久後，家明助理手捧一個公文袋匆匆趕至。

「老闆！你要的東西！」

家明一手接過公文袋：「謝謝！沒你的事了！」

「老闆有事隨時打給我……」

助理告辭，家明拿著公文袋朝著強招手，強見狀連忙走近。

強的視線一直沒有離開過家明手上的公文袋，像極一頭飢餓的豺狼。

家明把公文袋交給強：「你數數吧……」

強打開公文袋，掏出一疊鈔票，十分滿意。

「不用數啦！謝謝你老闆！」

「你記得你答應過我什麼！」

收了錢的強馴如羔羊：「老闆，我答應你，從今以後我和這個賤人……不是，是和琪琪保持距離！」惺惺作態的強還作發誓狀：「總之我不會再打擾你們二人世界！」

家明對強冷冷道：「我和這裡的朋友全都認識你……你敢再搞什麼花樣，我不會放過你！」

強見家明眼露殺氣：「不敢不敢！老闆我能走了嗎？」

家明的視線投向遠處坐在大堂沙發上的琪琪：「你有話和琪琪說嗎？」

「我祝你們百年好合，永結同心！」

「你說什麼呢？」

強知罪掌嘴：「謝謝你幫我好好照顧她吧！」

強夾著尾巴離開，負心的他始終沒有回望琪琪一眼！

家明終於讓強知難而退，不禁如釋重負。

家明走到琪琪跟前，赫然發現她正淚如雨下，只因她終要面對一個殘酷的真相。

琪琪喃喃自語：「他真的為了錢不要我……他真的為了錢不要我……」

琪琪情緒失控，不能自己。

面對著此刻的琪琪，家明實在愛莫能助。

他唯一可以做的只是讓琪琪盡情發洩此刻傷心欲絕的情緒。

家明坐到琪琪身旁，琪琪傷心欲絕地靠在家明胸膛。

家明感受到琪琪的淚水，頃刻已經染濕了他的衣衫。

家明輕聲安慰琪琪：「我替你在這裡租了房間，今晚好好休息，有什麼事情睡醒了再說……」

我
什麼　都沒有

還有
什麼可以輸？

我什麼都沒有，還有什麼可以輸？

翌天早上，家明和瑪麗回到香港。

正當二人聯手步出禁區，瑪麗第一眼便看見鎮東在等候。

瑪麗和家明冷靜地回到現實，瑪麗匆匆跟家明道別。

「明天公司見！」

瑪麗拋下家明，展開了一個迷人的笑臉，風姿綽約地向著鎮東方向步去，二人在大庭廣眾親熱擁吻。

家明看着瑪麗和鎮東的恩愛畫面，卻沒太大反應，他對瑪麗的虛偽漸漸習以為常。

走了幾步，家明此刻才發現寶一直在等候。

寶笑意盈盈地迎接家明歸來。

寶載家明回家，但車廂裡的家明顯得沉默寡言。

「很累嗎？」

家明不好意思冷落寶，欠一欠身展開笑臉：「不是呀！」

「生意談的怎麼樣？」

「搞定了！瑪麗哄的那些老頭子很開心！」

寶話中有話：「瑪麗一直是人見人愛的啦！」

家明看著寶，他心知肚明她對瑪麗的挖苦。

家明沒出聲，半響後才發現後座座位放滿了幾袋大東西。

家明乘機轉換話題：「咦！今天去逛街啦？」

「喜帖印好了！你看漂不漂亮？」

家明沒甚興趣：「你喜歡就行了……」

反而寶說起婚禮滔滔不絕：「你什麼時候有空跟爸爸媽媽去試菜？酒店那邊催促我們很多次了！你不是說阿傑和阿輝認識一個導演可以幫我們拍攝嗎？要不要約他出來談談細節？不

要鬧的太過分呀！婚宴那天嚇著親戚朋友就不好啦！」

家明一直沒有搭話，就讓寶興致勃勃地說過不停。

男人有時候要懂得用耳朵取代嘴巴，生活自然天下太平。

此時，寶的汽車停在紅綠燈前。

家明探頭望窗，車子隔鄰正是一家花店，花店正人來人往，生意興旺。

家明看得出神，忽然有了決定。

「我想下車買點東西！」

寶對家明這舉動疑惑不已。

※　※　※

家明家裡客廳茶几上的透明玻璃瓶插著一束素雅潔白的蘭花，空氣中飄散著陣陣清淡的芳香。

回家後的家明一直看著這盆蘭花，若有所思。

寶從浴室出來，一邊用毛巾抹頭髮，一邊走近家明身旁。

寶對着看花看得入神的家明問道：「平時你都不種花，爲

什麼無緣無故買盆蘭花？」

「家裡放盆蘭花花，挺有情調的！你不覺得嗎？」

「你現在捨得睡覺了？」

「你先睡吧，我還要和美國那邊開個電話會議！」

「你也不要太晚睡！」

「知道，晚安！」

寶進房就寢。

家明確定寶關上房門，面色一沉，掏出手提電話，撥了一組電話號碼。

手提電話螢幕顯示了「琪琪」的名字。

電話接通了，家明喜上眉梢。

「我很想你！」

※ ※ ※

時光回到昨晚。

酒店電梯門打開，家明和瑪麗從外頭開完會回來。

走廊上，家明和瑪麗信步回房間。

瑪麗向家明問道：「為什麼今晚不跟我出去吃飯呀？明天就回香港啦，合約也簽了，應該去慶祝一下嘛！」

家明眉頭緊皺地搖頭：「我有點不舒服，想先回房休息。」

「我陪你……」瑪麗拖著家明的手。

家明輕輕甩開瑪麗：「不用了，免得傳染給你！」

瑪麗進取地把身體靠近，翹起腳尖，吻向家明。

「我不怕……」

家明突然咳嗽：「我怕呀！」

瑪麗心中有氣卻不好發作，拋下一句：「那你好好休息吧，有事打我房間電話！」

瑪麗悻悻然轉身回房。

家明回房，頭很痛，靠在床上休息。大概昨晚跟琪琪和強折騰了一夜，家明真的病了。

一會，家明心血來潮打了一通電話。

「喂！櫃台！我想問 1415 房間的住客是不是退房了？還沒？謝謝你……」忽然又開口：「不好意思，我想留個口訊：幫我轉告她，回來就打給我，看她有沒有興趣一起去吃飯……」

家明掛斷電話，悶悶不樂。

不一會，疲倦的家明已沉沉睡去。

房間裡，家明好夢正酣，不知睡了多久，外頭忽然雷聲隆隆，幾道閃電劃破夜空。

家明在睡夢中驚醒，說時遲那時快，門鈴響過不停。

家明失魂落魄走去開門。

門打開，家明眼前是渾身濕透的琪琪，臉上掛著兩道淚水

家明大驚：「你去哪裡了？」

琪琪楚楚可憐：「今晚可不可以陪我？」

琪琪未及家明回覆，走上前撲向家明懷抱。且把嘴唇吻向家明，家明情迷意亂，琪琪已經把門關上。

※　※　※

回來後一個月，家明公司一片繁忙熱鬧。

家明從辦公室出來，把簽好的檔案交給助理小美。

「為什麼今天還沒看見李小姐？馬上開會了！」

「李小姐早上接了個電話，說有急事就出去了！現在還沒回來！」

「有沒有打電話給她？」

小美點頭：「但是她電話轉到留言信箱了！」

家明有點氣惱：「快點再打給她！這個客人一直都是她跟進的，她不在這裡誰負責呀！」

家明怒氣沖沖回去自己辦公室。

小美心中嘀咕，上司這幾天不知道為什麼總是心煩氣燥。

家明在公司忙碌了一天，不知不覺已經是晚上。

家明打道回府，辦公室一個人也沒有。

可是家明經過瑪麗房間，卻看見裡頭開著燈。

家明推開門，只見瑪麗攤在座位上，旁邊是一樽大號威士忌，她雙頰通紅，一看就知道已經喝了不少。

家明發現失蹤了半天的瑪麗終於出現，一陣無名火起。

「你今天去哪裡了？為什麼不接電話！你忘了自己約了老外開會嗎？這個老外一直是你跟進的，他們看不見你拉隊走了！你快點打電話給他們，搞定你這個爛攤子！」

怎料瑪麗對家明的責備一臉無動於衷，繼續自斟自飲。

家明見狀怒不可遏，上前奪過瑪麗手上的酒。

瑪麗大發脾氣：「還給我呀！我要喝！」

「幹什麼喝這麼多？」

瑪麗突然悲從中來：「鎮東和我分手了！他說不結婚！他不要我啦！」

家明一怔：「為什麼？發生什麼事了？」但剎那又心頭一涼，「他是不是知道我們的事了？」

「鎮東有了別的女人，他為了一個十八歲的女孩不要我！還說要和她結婚！有沒有搞錯？他瞎了眼啦，還是瘋了？這幾年我在他身邊百依百順，忍氣吞聲就為了等他娶我！現在關鍵時刻卻讓另一個女人搶走了！為什麼會這樣？」

家明聽著瑪麗對鎮東的控訴，嘆一口氣，他萬萬料不到瑪麗和鎮東會落得如此下場。

瑪麗抹乾眼淚，親熱地替著家明的手：「家明！還是你對我好！要不我們結婚吧！我知道你已經不愛阿寶，由始至終你最愛的是我！是不是？你回答我？」

家明深深吸氣，換作從前，自己或許會對瑪莉這個要求喜出望外。

但此刻家明卻有點猶豫。

瑪麗還沒有看穿家明已經變心了，滿懷喜悅地等待家明的答案。

「家明！好不好？」

此時，家明的手機響起，來電者正是寶。

家明對著電話語調溫柔：「你到了嗎？我已經出來了！幫我跟爸爸媽媽說聲不好意思，我馬上到！你們先點菜……」

家明匆匆掛斷電話，此時瑪麗的臉色鐵青。

瑪麗追問家明：「你還沒答我的問題？」

家明木無表情地扶起瑪麗：「別再喝了，我先送你回家！」

瑪麗沉默，她終於明暸家明的心意。

瑪麗對著家明笑中帶刺：「你不怕我會把我們的事告訴阿寶？」

「說出來，對你有好處呀？」

「我什麼都沒有，還有什麼可以輸？」

「輸了我跟你的信任，還有你在這公司的一切。」

家明看穿瑪麗的弱點：「沒了男人，多留幾個錢也是好的！」

瑪麗聽懂家明的說話，思潮起伏。

瑪麗冷冷地道：「你約了人，先走吧！」

家明深知留下來也無補於事。

「如果你想，可以請幾天假……」

「不用啦⋯⋯」

家明借機告辭：「我趕時間先走，明天再聊。」

瑪麗目送家明離開，心裡只慼慼感然，舉起威士忌往嘴裡灌。

家明豈會想到那晚是最後一次跟瑪麗見面。

※ ※ ※

翌日，家明開會回來。甫踏入辦公室，卻發覺氣氛不妥。

辦公室一片愁雲慘霧，同事們有的垂頭不語，有的偷偷抽泣。

家明心裡湧現一份不祥之兆。

此時，小美雙眼通紅走到家明面前。

小美嗚咽：「李小姐剛剛遇到車禍⋯⋯死了！」

家明驟聞噩耗，晴天霹靂。

家明回憶瑪麗昨晚還哀求他跟自己相宿相棲，怎會一天以後，彼此便陰陽相隔？

家明一聲不響回到辦公室，渾身乏力地靠在沙發上。

家明渾身顫抖，不能自已。

忽然之間，家明只想到一件事。

他跟瑪麗的地下情，從此真的埋藏地底，永遠也沒人知曉。

家明莫名地卻有份如釋重負的輕鬆。

從此，他自由了！

※　※　※

瑪麗的葬禮上，來致祭的來賓絡繹不絕，足見瑪麗生前人緣還是不錯。

寶和家明一起到達靈堂向瑪麗作最後告別。

寶和家明向瑪麗遺照三鞠躬。

瑪麗的遺照像在生時一樣明艷照人，誰會想到美好芳華卻會遭逢此劫。

家明凝望著瑪莉的遺照，心中感觸良多。

鎮東以瑪麗未亡人的身份主持大局，葬禮上，他表現得傷心欲絕，哭成淚人。

鎮東的傷心相，叫在場賓客無不動容。

寶對鎮東的寡情薄意不以為然，向家明道：「你不是說那個混蛋是為了另一個女人跟瑪麗分手嗎？現在還在這兒演戲？」

家明提醒寶：「不要管別人的事啦！」

寶壓低聲音：「我剛才在洗手間聽到你公司的女生說八卦，說那個女孩已經有了，你說瑪麗知不知道？」

家明輕聲責備：「你說完了嗎？」

寶喃喃自語：「不知道總比知道好，很多時候，人都會高估自己接受真相的能力！你說對不對？」

家明沒有回答，但暗暗嘴嚼寶這句話的真意。

葬禮完畢，家明和寶離開殯儀館。

寶跟家明說：「你還要回公司開會，不用送我了，我自己坐計程車行了！」

「你自己行嗎？現在很難打車的！」

「沒關係，我也不趕時間！你快點走吧，讓人家久等就不好啦！」

家明感激寶的體貼：「我開完會打給你！」

寶和家明分道揚鑣。

家明目送寶走遠後，從懷中掏出電話，撥了一通電話給琪琪。

但琪琪電話已經停止服務，家明失落得不知如何是好。

另一邊廂，掛上瑪麗遺照的靈車剛巧從殯儀館駛出。

靈車跟正在路上的寶擦身而過。

寶跟靈車打個照面，寶此時從口袋掏出從喪禮取來吉儀，心情忐忑不安。思緒突然回到兩星期前……

※　※　※

那天，寶到家明公司找他吃午餐，但步進大廈時，剛巧一人走出來，竟是瑪麗。

寶跟瑪麗面面相覷：「怎麼巧？」

瑪麗一見寶，態度不友善，反唇相識：「巧什麼呀？你忘記我在這座上班了！是你這麼巧又來找家明？」

寶心中有氣，但不好發作。

「我先上去了。」

「家明今天出去開會了！」

寶愕然。

瑪麗語帶諷刺：「原來他沒告訴你嗎？還是你想突然到來給他驚喜呀？可惜有時驚喜這種事呢，不是每個人都接受的！」

寶不欲跟瑪麗糾纏：「家明不在，那我先走啦！」

瑪麗不放過寶：「你很趕時間嗎？要不一起吃飯吧？」

寶抬頭看著瑪麗，從未想過瑪麗會約她一起食飯。

瑪麗滿肚謎團地打量寶：「其實我有件事想和你說！」

寶禁不住好奇，最後答應了瑪麗的邀請。

瑪麗把寶帶到一高級餐廳午饍。

瑪麗剛坐下便跟侍應和客人打招呼，十分熟絡。

瑪麗把餐牌遞給寶：「我和家明經常來這裡！他很喜歡這裡的龍蝦，你也試試！」

寶搖頭：「我吃蝦蟹會皮膚敏感……」

瑪麗嘖嘖稱奇：「你說真的？家明和我都很喜歡吃蝦蟹！他有沒有告訴你，有一次我們在上海吃大閘蟹，他吃了八隻，我吃了九隻！結果回到酒店兩個人拉了一晚上，最後還跑去醫院看急診，但是第二天，我們忍不住又去吃螃蟹了！你說我們是不是太可恨了？」

寶聽著瑪麗不停炫耀自己跟家明的甜蜜往事，只覺得十分沒趣。

寶轉移話題：「聽說你快結婚了！婚禮籌備的怎麼樣？你老公這麼有錢，婚禮一定會辦的很熱鬧！」

瑪麗被寶刺中要害面色一沉。

寶鑑貌辨色：「你們分手了？」

瑪麗的臉色更加難看，等於默認。

「怎麼會這樣？你和他在一起很多年了！是不是吵架了？男人就是這樣，哄哄就沒事了，你別總是忙工作，要多陪陪他才行！」

瑪麗打斷寶的說話：「拜託你不要怎麼天真啦！你瞭解男人多少呀？你連身邊的那個心裡想什麼都不知道？」

寶不忿被瑪麗詆毀：「你怎麼知道我不瞭解家明？我和他一起七年，我們兩個之間沒有秘密。」

瑪麗單刀真入：「那家明有沒有告訴你，我和他瞞著你已經在一起兩年了……」

瑪麗突如其來向寶拋下這個震撼的炸彈，寶睜大雙眼，張開嘴，又合攏，瑪麗這句說話如一枝利箭插進她心臟。

瑪麗見寶臉色大變，心裡痛快，再補多一刀：「我告訴你，家明已經不愛你了！他最喜歡的人是我！是！雖然鎮東因為喜歡上別人所以不要我，但老實說，我反而有種放下心頭大石的痛快，人往往在最絕望的時候，才會看清楚自己！我也是一樣，我終於知道最愛的是家明！」

寶聽著瑪麗的一字一句，眼淚不由自主地脫眶而出。

瑪麗向寶趾高氣揚：「不怕告訴你，我昨晚問過家明會不會離開你跟我結婚！他答應了！我想他很快會跟你說分手！」

瑪麗以一副勝利者姿態打量著輸得一敗塗地的寶。

「我知道被人拋棄的感覺很難受，但是不好意思！情場如戰場，要愛就要搶！只能怪你的抗敵意識實在太差了！」

此時，寶把枱面上的一杯水一喝而盡。

寶逼自己冷靜下來。

「你錯了，我知道我昨天晚上知道家明沒有答應你！」寶冷冷道。

瑪麗臉容微微抽搐，她沒預計寶知悉真相。

「家明不會跟你在一起，因為你做了很多他不會原諒你的事！」

瑪麗心虛：「八婆！你想說什麼？」

「例如你之所以能和王總做成生意，因為你肯陪他上床！」

瑪麗心跳加速，頭皮發麻！

寶對著瑪麗冷笑：「還有趙總呀，澳洲的 HENRY，和日本那個松田先生，你都跟他們好過……」

「胡說八道！你有什麼證據？」

「證據？照片！錄像啊！你想看哪個？我可以複製一份給你！當然我也為家明準備了一份！」

瑪麗心裡發毛，發現眼前的寶，原來不是她一直以為純如羔羊。

瑪麗向著寶大罵：「你找人跟縱我！你一直在背後監視我！」

寶反過來教訓瑪麗：「你說對了！情場如戰場，但是我認為下一句不是要愛就要搶，應該是先下手為強！」

瑪麗怒不可遏：「八婆！你踢走我，家明也不會喜歡你的！」

「但事實是我真的『踢走』你了！半年後我就會跟家明結婚！而你！長期飯票也丟了，你想不想知道為什麼你未婚夫會跟你分手呀？他不是認識了別人，是收到了你和別人的那些照片！哪個男人能接受，還沒結婚就帶綠帽？」

瑪麗怎會料到苦心積慮的釣金龜大計，竟被一向看扁的寶

親手破壞，老羞成怒下，舉起手上的水杯扔向寶，幸好侍應見狀，上前抓住瑪麗。

瑪麗情緒失控地掙開侍應，她滿腔怨毒地咀咒寶：「八婆！你以為這樣就能拆散我和家明！你聽著，你跟家明永遠都不會幸福！永遠都不會！」

瑪麗拋下這句毒咒，奪門而奔。

被仇恨沖昏頭腦的瑪麗衝出餐廳，橫過馬路，不料一輛貨車急速駛過。

瑪麗被貨車當場輾過，血肉模糊地躺在地上，當場斷了呼吸！死狀恐怖！

餐廳裡客人聽見外頭傳來巨響，紛紛走出街上看熱鬧。

寶隔著餐廳玻璃目睹慘劇，嚇得彈動不得，腦海還在迴盪著瑪麗死前的詛咒！

※　※　※

寶的回憶告一段落。此時一輛計程車駛到面前，寶上車把吉儀扔進垃圾筒，還從手袋掏出濕紙巾擦手。

寶抬頭，今天的太陽很烈，很毒！

從認識你

那天起

你就沒一次

不遲到的！

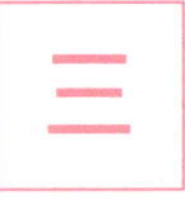

從認識你那天起，你就沒一次不遲到的！

寶沒有回家，反而來到了深水埗一座舊樓，爬了五層樓梯，到達一個單位，單位外掛了一個招牌：「陳明偵探社」！

寶推門而進，陳明早已恭候。

陳明殷勤地為寶端上一杯白開水。

陳明打量寶：「你面色很差！不舒服嗎？」

「我覺得有點頭暈⋯⋯」

陳明立即在抽屜裡取出一盒藥丸遞給寶。

寶喝了一口水，吞下了藥丸，深深吸了一口氣。

「現在好點了嗎？」

寶點頭，但嘴裡埋怨：「拜託你換個有電梯的地方吧，每次都要我爬幾層樓梯上來！還有呀，這裏很難找啊，每次坐計程車都會走錯路！」

陳明一臉苦笑：「你也知道我做哪行的，來找我的客人都不想讓別人知道，仇家尋仇更不要容易找到！選址當然是越偏僻越好了！」

寶啼笑皆非，打開手袋，取出了一張支票，放在陳明的辦公桌上。

陳明看一看支票銀碼：「不用這麼多！」

「就當獎勵今次照片和影片拍的很到位吧！」

陳明不客氣地把支票收下：「那就謝謝啦！」

寶起身告辭：「我走啦！」

陳明忽然想起一事：「聽說那個女人今天出殯！你去了嗎？」

「當然去了！」

陳明表情有點不可思議。

反而寶回答得理直氣壯：「怎麼了？又不是我害死她

的！是她自己過馬路不小心被車撞到嘛！你不是以為我會內疚吧？」

陳明驚訝寶的鐵石心腸。

「你有空嗎？要不我們去喝杯東西？」

「不去了，我約了人。」

陳明對寶依依不捨。

「我約的那個人你也認識！」

陳明看着寶，一臉迷惑。

※ ※ ※

黃昏時份的沙灘茶座，客人疏疏落落。

寶找了一個僻靜角落坐下。

寶遙看沙灘處，一對年輕男女在嬉水，笑容甜蜜，態度親暱，羨煞旁人。

寶驀地滿帶感觸，忽然想起跟家明已不知多久沒來過沙灘暢泳了。

此時，一個女生走到寶跟前，女生不是別人，竟是琪琪。

「不好意思，我又遲到了！」

寶寬容一笑：「從認識你那天起，你就沒一次不遲到的！」

寶跟琪琪一直相識，而且是相識了很久。

寶跟琪琪相識於十年前，彼此相遇在大學迎新的第一天。

※ ※ ※

十年前的大學校園，每位初進校園的莘莘學子都笑容燦爛。

那天寶第一天上大學，一邊拿著電話跟遠在英國的母親報告行蹤。

寶一邊說電話，一邊在大學校園蹓躂。

「剛剛拿到鑰匙，現在去宿舍，行了媽咪！東西都買齊啦！宿舍有被子，不用自己帶的！不說了！我還有手續要辦！你和徐叔叔度蜜月玩得開心點！」

寶好不容易才說服囉嗦的母親收線，冷不防身邊一班同學都在注視自己，大家都認定寶是個被父母寵壞的孩子。

寶無地自容轉身離開。

寶到達宿舍走廊，寶拿著鎖匙，嘴裡唸唸有詞房間號碼，眼睛不斷搜索門牌。

寶的房間在走廊盡頭。

打開房門，房間雖然不太寬敞，但光線柔和，窗外是一望無際的大草地，寶站在窗邊放眼遠望，頓時心曠神怡，就是窗外這片風景，寶從此愛上這個小天地。

寶發現房間裡放著兩張單人床，她的同房還未現身。

寶不禁有點期待，不知自己的同房是何模樣？

寶在房間收捨東西，忙了一天，不知不覺已到晚上。

寶費了一天辛勞，終于把房間收拾妥當，頓感一身酸痛，筋疲力盡。

寶看著旁邊的那張床，她的同房依然芳蹤杳然。

此時，有人敲門。

寶心忖來人正是那姍姍來遲的同房吧？

寶興奮地走去開門，卻見三個年輕女孩站在面前。

寶驚愕反應，三人是同級同學徐莉，馬雯和方麗麗。

徐麗不等寶批准便踏進房間東張西望：「嘩！你這邊真的比我那邊舒服很多！」

「你們是？」

馬雯和方麗麗二人沒有回答，大模施樣地闖進寶房間。

徐莉跟馬雯說：「真是不錯呀！空氣也比我那邊好！」

馬雯大感同意：「當然啦！你看看外面的環境多好！這房間太棒了！」

方麗麗一個屁股坐在寶床上：「就這麼決定啦！徐莉，你和她說！」

寶對三人的不禮貌只有反感，臉色一沉：「說什麼？我連你們三個叫什麼都不知道，你們無緣無故跑到我間房指手畫腳我還沒說你呢！」

徐雯說氣囂張：「很簡單！我想和你換房間！」

寶啼笑皆非地反問：「為什麼要跟你換呀？」

馬雯收買寶：「我們不會虧待你的！徐莉每個月會幫你交

宿舍費，再加三千塊津貼，你運氣不錯呀！」

寶決不屈服：「現在我沒錢交租嗎？三仟塊了不起呀！房間是我的！我為什麼要跟你換呀？」

徐莉三人料不到寶如此倔強，出言恫嚇：「你別這麼囂張！你知道徐莉的爸爸是誰嗎？」

寶反唇相譏：「我只知道我們校長不姓徐！」

徐莉盯了寶一眼：「但是這間大學的校董會主席，副主席和三個委員都是姓徐的！你不會連地產大王徐達的名字都沒聽說過吧？」

徐莉自豪地道：「他就是我爸爸！」

寶心中有氣，但形勢比人弱，看出徐莉等人是有備而來。

方在旁陰笑：「咱們不會那麼不近人情！你有三天的時間收拾東西！」在書枱拿筆寫下自己的手提電話號碼交給寶：「收拾好了就打給我！」

徐莉得勢不饒人：「我知道你一定很生氣，為什麼你爸爸不是校董會主席，這個世界就是這樣，朋友跟情人可以選，只有家人不能選，不過我很慶幸上天幫我選的很好啊！」

寶突然下逐客令：「你們說完了嗎？說完了我要打電話啦！」

徐莉三人一臉意外，不知寶葫蘆賣什麼藥之際，只見寶掏出電話，不慌不忙地撥了一組號碼。

電話接通了，寶清清喉嚨：「喂！西週刊呀！我要爆料啊，想看看你們有沒有興趣報導？有個自稱是地產大王徐達的女兒的人，在市政大學公然欺凌女同學，那個女同學就是我！啊！你有興趣？有沒有空出來談？要不要我現在就拍下她的樣子發給你？」

徐莉三人聽著寶跟週刊的對話，臉色鐵青。

徐莉衝動地上前搶過寶的電話。

徐向寶暴喝一聲：「你玩夠了嗎！」

寶理直氣壯：「這句說話應該是我問你才對！」

方麗麗威脅寶：「那你就是敬酒不喝，喝罰酒啦！」

寶一臉鎮定：「再說一次！敬酒跟罰我都不喝，我只要你三個給我滾！」

徐莉和寶從此結下樑子：「你別得意，我不會放過你的！

來日方長咱們走著瞧！」

徐莉說罷，領著馬和方悻悻然離開寶房間。

寶又叫住徐三人：「先別走！」

徐莉三人轉身，滿懷敵意：「幹嘛？」

寶不屈不撓：「你三個記住，我的名字叫鄺美寶！還有！你們最好別亂來，我還有一堆報紙週刊的電話呢！我也很慶幸上天幫我選的爸爸不是什麼社會名人，校董會主席，所以我做什麼事都可以比你更狠，更肆無忌憚！」

徐莉被寶唬唬逼人的氣勢嚇倒，不經意退後幾步，最後洩氣敗走。

寶終把徐莉三人趕出房間，頓時鬆一口氣，但仍欣喜自己不是省油的燈，這個世界沒有人可以隨便欺負自己！

寶看著那張空了的床，不禁惆悵到底那個同房何時會出現？

※　※　※

翌日早上，寶來到大學禮堂，辦理選科手續。

寶專心地填表格，突然旁邊有把聲音叫她。

「這裡你填錯了……」

寶轉頭一看，只見一個年輕男孩子一臉熱心狀。

這是寶和陳明第一次相識。

陳明指著寶表格其中一欄：「這一欄是填成績，不是填地址！」

寶低頭一看，果然錯了，寶一向沒有填寫表格的天份。

寶想從筆袋找塗改液，卻找了半天也不見。

陳明自作主張：「我幫你再拿一張，你等等我！」

陳明說罷，一溜煙走遠。

寶目送陳明的背影，他一身名牌衣服，家世環境應該不錯。

不到一會兒，陳明又像一陣風回來。

陳明主動搶過寶手中的表格：「要不我幫你填？」

寶未及反應，更加不懂拒絕。

陳明打蛇隨棍上自我介紹：「我叫陳明！你呢？」

「鄺美寶！」

陳明已經替寶填寫表格：「馬上填完，你等等！」

寶納罕，陳明取過她填了一半的表格，依樣葫蘆再填一張，這無異是掌握了自己所有個人資料。

但寶見陳明長得不太討厭，加上禮堂那麼多女生，他偏偏選中了她，寶心底裡還是有一點欣喜。

陳明填了一半，對寶成績讚口不絕：「你成績這麼好為什麼來這裡呀？牛津劍橋都沒問題啦！還可以申請獎學金呢！

「我媽媽上個月剛剛在那邊結婚，所以我想留在香港上大學！」

陳明對寶的坦白只感愕然，自責說話太多，生怕得罪了寶！

寶不是隨便跟陌生人說家事，但有時候坦白一次，才最容易令八卦的人住嘴。

寶問陳明：「填完了嗎？」

陳明把表格交回寶：「搞定了！你看看有沒有遺漏？」

寶看了一遍表格：「謝謝！」

「你一會兒幹什麼？要不我請你喝東西！」

「應該我請你才對，謝謝你幫我填表！」

陳明高興：「那我卻之不恭啦！」

寶卻說出一個令陳明失望的答案：「但是我今天沒有空！」

陳明有點失望，但不放棄：「你約了人？我送你去！」

寶看著陳明，暗地嘀咕，這個男生的進取，有點過猶不及了。

陳明見寶沒答話，也自覺太主動，臉紅耳赤。

陳明摸摸頭：「不好意思，我很煩吧！」

寶嫣然一笑：「你不是有我電話嗎？有空打給我吧！」

陳明想起剛才替寶填表格時，早把她的電話號碼熟記心中。

陳明原本黑暗的世界突然又變得一室光明。

心思縝密的寶當然明白此時給陳明一點甜頭，未來自有用得著他的地方。

寶風姿綽約地離開。

陳明對寶從此留下好感。

※　※　※

寶從外頭購物回到宿舍，手捧著大袋小袋，十分狼狽。

寶甫進房間，卻被眼前畫面嚇了一跳！

寶只見窗邊擺放了一盤蘭花，雪白、半透明的花朵開得漂亮，隨著晚風微微款擺！

蘭花那特別的花香散佈房間裡，迷惑地鑽進寶的嗅覺。

寶注視今早出去時還空著的床，卻已經鋪好床單和枕頭。

寶的同房出現了！

此時，一少女推門進來，少女樣貌清秀，穿著一身素白。

寶打量少女：「你是？」

「你好！我剛剛搬進來，和你一樣是文學系！」

「怎麼這麼晚？我還以為這間房只有你我一個人！」

琪琪以為寶不喜歡自己：「我家裡有點事，所以來晚了，不好意思呀！」

寶指著蘭花：「花是你搬來的？」

琪琪點頭：「如果你不喜歡我搬走……」

琪琪正要把蘭花搬走，寶拉住她。

「花很漂亮呀！放在這裡房間馬上有情調啦！」

琪琪還是以為寶不喜歡自己：「如果你不想我住這兒，一會兒我去舍監那邊辦退房手續」

寶摸不著頭腦：「你說什麼呀？我沒說不讓你住啊？」

「真的呀？」

寶才察覺剛才自己樣子太嚴肅，亮起燦爛笑容：「我跟你開玩笑呢！我等你很久了！我一直在猜同房是什麼樣的人？原來長得這麼漂亮！」

琪琪含羞答答：「你別開玩笑啦！你更漂亮！」

寶情不自禁撫摸琪琪瀑布般的秀髮：「你的頭髮很好呀！我想留長頭髮很久了，但是又怕難打理！」

琪琪反讚美寶：「短頭髮好啊，爽朗又有性格！」

「但是整天被人當成男孩子！你不要介意，我這個人很直的，想說什麼就說什麼！就像剛才差點嚇到你！」

琪琪低頭：「是我自己多心，不關你的事！」

寶沒說話，但心想琪琪說話總是欲言又止，好像欠缺自信。

為了緩和氣氛，寶繼續逗琪琪說話。

寶：「你幹什麼一直站在那裡呀？這間房也是你的！來來來！快點坐下慢慢聊……」

寶熱情地硬拉琪琪坐下來，從剛買回來的日用品裡選了一些毛巾、牙膏、牙刷遞給琪琪。

寶對琪琪說：「我剛從超級市場買回來的！毛巾牙膏牙刷你喜歡就拿去用！」

琪琪掏出銀包：「那怎麼行呀，我把錢給你！」

琪琪打開銀包卻發現不夠錢。

琪琪面有難色：「我……我明天還給你！」

寶挑通眼眉：「別客氣！大家以後住在一起，不用計較那麼多！說了這麼久還不知道你叫什麼呢？」

「我叫琪琪！」

寶跟琪琪握手：「我叫阿寶！」

寶和琪琪相視而笑，彼此當下感到一份溫暖的親切感。

難道我們會為了一條裙子傷和氣

四

難道我們會為了一條裙子傷和氣？

那天之後，寶和琪琪就成為了好朋友，人為人之間的緣份就是這麼微妙，雖然彼此來自完全不同的世界，但是偏偏有一種一見如故的感覺。

寶和琪琪一起上學，一起生活，二人在校園裡一直形影不離。

有一次，寶大病一場，琪琪衣不解帶照顧她，餵她吃粥又幫她蓋被，寶一覺醒來，看見琪琪廢寢忙餐地守候著自己，非常感動。

寶把披肩蓋在琪琪身上，但摸摸她的頭，手上傳來灼熱火燙。

琪琪迷迷糊糊倒在地上。

寶大吃一驚，情急之下報警求助。

寶把琪琪送到急症室，一個人在門外憂心忡忡地等候。

因為琪琪入院，寶才知道琪琪原來一直患有胃病，病因是她一個星期總有三四天，放學後去酒店做兼職侍應，因為趕時間她只能吃塊餅乾當晚餐，久而久之胃就壞了，醫生還診斷出她有輕微的營養不良……

雖然寶跟琪琪共處一室，但琪琪很少跟寶說家裡的事，寶只知道她父母很早就死了，是舅舅一家把他養大，但是舅舅本身有一大堆子女，家裡最好的東西永遠輪不到她，琪琪很小的時候已經想離開那個不屬於自己的家了，她能一個人來香港讀大學，吃了多少苦真的教一直衣食無憂的寶難以想像……

病房裡寶握著病榻中琪琪的手，琪琪模糊中叫著寶的名字。

琪琪呢喃：「寶……」

寶兩行眼淚脫眶而出：「我在這裡……你是不是有話想說？」

琪琪好像只想確定寶就在身邊，安心了，又再墮進夢鄉，沉沉睡了。

那一刻，寶跟自己說，她永遠都是琪琪最好的朋友！

病房窗外傳來轟轟雷聲，霎地下起雨來。

※　※　※

琪琪康復後不久，差不多又快到了聖誕節。

宿舍走廊放眼盡是聖誕裝飾。

寶又從外面回來，手上拿著大包小包的戰利品。

寶回到房間，大病初癒的琪琪正在做作業。

「你又去購物了？」

「聖誕大減價很便宜呢！」

琪琪嘆氣：「你每次大出血回來都這樣說！」

寶向琪琪招手：「你先別說我了，快點過來看看我的戰利品！」

寶把新買回來的衣服全攤在床上。

琪琪看得目不轉睛，她總是羨慕寶有穿之不盡的漂亮衣服。

琪琪隨手拿上一襲桃紅色的裙子，愛不釋手。

「喜歡你先拿去穿吧！」

琪琪尷尬縮手，裙子跌在床上：「這是你新買的裙子，我怎麼能先穿呢？」

寶把裙子貼在琪琪身上：「沒關係！你穿這條裙子挺好看的，快點穿上看看！」

「不行！你已經給我很多衣服了，這件你先穿吧，等你穿膩了再給我！」

寶堅持把裙子塞到琪琪手上：「就當是今年的聖誕禮物！」

琪琪莫名感動：「寶！為什麼對我這麼好？」

「因為你是我最好的朋友！」

「真的？」

寶微笑反問琪琪：「難道我們會為了一條裙子傷和氣？」

琪琪不語，她心中暗想，會不會是這條裙子還不夠重要，會不會將來有更重要的東西出現，那時，她們才會搶的你死我活？

寶看到琪琪的表情，大概又明白幾分，又識趣不再繼續在這話題兜轉。

琪琪忽然想起：「剛才有人找你！」

「又是陳明？你沒和他說，我不在香港嗎？」

琪琪點頭：「他好像不相信，說一會兒再來！」

寶反感：「真是煩死人了！」連忙執拾：「那我先閃了！」

「其實他挺好的，斯文有禮，長得也不錯……」

「愛情是講感覺的！這種好人留給慈善機構啦！跟他出去過幾次，總是說那些爛笑話！」

「他是想逗你開心嘛！」

「你總幫他說好話，好像對他有意思啊！」

琪琪臉紅地別過了面：「哪有？」

「還說沒有！你的臉都紅了！沒關係的，你喜歡就拿去用！我不介意！」

琪琪口不對心：「你別把人家說得跟件舊衣服似的！都說我對他沒感覺了！」

寶提著琪琪的痛處：「是你剛才說喜歡我的舊衣服！現在說話不算數了！」

琪琪沒好氣：「你不是約了人嗎？快點走吧！一會兒陳明來了，看到你就不好了！」

寶繼續取笑琪琪：「哦！現在趕我走！一定是想留著房間跟他二人世界！你怎麼變得這麼開放啦？誰教你的？」

琪琪把寶推出門，但關上門後，琪琪芳心竊喜。

寶是真的說中了琪琪的少女心事。

這晚是平安夜，琪琪在洗手間悉心打扮，像要出席一個重要約會。

此時，放在案頭的手提電話響個不停。

琪琪從洗手間跑出來，一看手機螢幕，臉色泛紅。

琪琪柔情似水接聽電話：「喂！你到了！我……我就好了！你再等我一會兒，不好意思……」

琪琪匆匆收線，又跑回洗手間。

琪琪穿了一襲寶送的桃紅色長裙出來。

琪琪對著鏡子照了一遍，突然發現若有所失，她摸摸自己耳珠，如果有一對耳環就好了。

琪琪眼睛轉了又轉。

琪琪打開寶的首飾盒，拿起了一對紅寶石耳環。

琪琪把耳環襯在耳朵在鏡子前細看，竟跟今天的裙子出奇合襯！

琪琪把耳環握在掌心，思量了半天，她從來不做這些不問自取得行為，但她真的很喜歡這對耳環。

說時遲那時快，寶剛從外面回來。

琪琪連忙出門相迎。

琪琪有點意外：「這麼早就回來哦了？不是約了人吃飯嗎？」

「剛剛打完球，全身都是汗，所以回來洗澡！」寶對悉心打扮的琪琪眼前一亮：「嘩！你今天好漂亮呀！都說這條裙子適合你了！還化妝了！佳人有約呀？」

琪琪猶疑：「我怕裙子太鮮艷了！會不會不襯我呀？」

「哎呀！你每天都是黑白灰像送殯一樣！現在和男孩逛街，穿得鮮艷點才有收視率嘛！」

「你說哪去了？只是朋友吃飯！」

「情人也是從朋友開始的嘛！」

「我不跟你說了，我遲到啦！先走了……」

寶催促琪琪：「快點去吧！他在樓下等你？我陪你下去幫你把把關……」

琪琪連忙阻止：「你不要這麼老土了！想嚇跑他啊，你好臭呀，快去洗澡吧！」

「別緊張！我臭，你香不就行了！幹什麼這麼緊張？那個男孩我認識呀？」

琪琪大力搖頭：「你不認識！你怎麼會認識？總之是朋友

的話就別跟著我，翻臉呀！」

琪琪緊張兮兮地奪門而奔。

但琪琪離開房間後，又沒有馬上離開。

琪琪靠在門邊，從口袋裡掏出寶那對紅寶石耳環。

琪琪噓一口氣，她最終還是拿了，不，應該是偷了才對！

這是琪琪第一次做對不起寶的事。

琪琪心中默念，下不為例了。

琪琪邁開期待的步伐離開。

琪琪走後，寶在房間為蘭花澆水。

寶隔著窗看見琪琪下樓，在公園的小涼亭跟陳明會合。

寶目睹琪琪的約會對像是陳明，卻絲毫沒有半點驚訝！

其實寶剛才回來的時候，已經看見陳明坐在涼亭裏，直覺告訴她，陳明一定是約了琪琪，琪琪不好意思告訴寶他約了陳明，或者怕她會不開心吧？但是寶才覺得琪琪實在太不瞭解自己，由始至終，寶都沒喜歡過陳明！那晚之後，琪琪經常出去，他跟陳明的感情發展的比寶想像中快很多！

※ ※ ※

過了聖誕，又到新年，寶已經不只一次從窗外看見陳明送琪琪回宿舍，他們已經手牽手儼如熱戀情侶一樣，更會旁若無人地在涼亭變深情擁吻。漸漸地琪琪很多時候也不會回來，而是去了陳明的房間留宿。

好景不常，不夠半年琪琪和陳明的感情似乎出現了問題。

因為陳明已經很久沒送琪琪回來了。

寶一直不敢問琪琪和陳明之間發生了什麼事！但是她每晚回來，一句話都不說！有幾次寶睡到半夜，在床上瞥見洗手間的門縫傳來一絲光線，裡頭傳出琪琪的哭聲。

寶為琪琪難過，卻又不敢問琪琪跟陳明的事，愛莫能助。只有暗地關心。

※ ※ ※

寶和琪琪在飯堂用膳，琪琪依舊一副悶悶不樂。

琪琪突然放下碗筷，茶飯不思的樣子。

琪琪起身離去：「阿寶，你慢慢吃吧，我回宿舍了！」

寶好言相勸：「你最近經常沒胃口，就吃這麼兩口夠嗎？再多吃一點吧，你又不是不知道自己身體不好！」

琪琪被寶的真誠打動，最後留下來不走了。

此時，一個人走進飯堂，卻讓琪琪如坐針氈。

此人竟是陳明。

但見陳明獨自一個，東張西望好像在找朋友。

寶看見陳明，問琪琪：「咦！你約了他來？」

琪琪不知就裡，一臉迷茫。

說時遲那時快，一個女孩子在陳明背後出現，旁若無人地一手翹著陳明的臂彎，狀態親熱。

陳明對女孩子的熱情舉動十分受落，二人手牽手在角落座位坐下來

寶這才看清了女孩子的樣子，竟是徐莉。

琪琪目睹陳明和徐莉在卿卿我我，再也按捺不住，一聲不響起身就走。

寶生怕琪琪情緒激動，立時追上。

※ ※ ※

寶陪琪琪回到宿舍後，琪琪一支箭般跑進洗手間。

琪琪已經把自己鎖在洗手間裡差不多兩小時。

寶聽到琪琪在洗手間裡偷泣，寶擔心地守在門外一籌莫展。

突然，琪琪的哭聲戛然而止。

寶不停敲門：「琪琪！要不我們出去吃飯吧！」

洗手間裡依舊一片寂靜。

半響，寶有點擔心：「琪琪！你沒事吧？回答我啊琪琪！」

寶不住拍門，琪琪依舊沒有開門。

寶情急之下找出鑰匙，大門打開，寶赫然發現琪琪竟用絲襪上吊！

震驚的寶連忙找來椅子雙腳一踏，終把琪琪抱下來。

寶不斷拍打琪琪的臉龐，大聲呼喊著她的名字。

「琪琪！你聽的見嗎？不要嚇我呀！快醒醒！」

不知過了多久，琪琪終於迷迷糊糊張開眼睛，咳嗽了幾聲，幸好她命不該絕！

寶見琪琪吉人天相，鬆一口氣。

可憐琪琪還在絕望情緒中不能自拔，她反而埋怨寶在鬼門關把自己拉出來。

琪琪情緒激動：「你為什麼救我！你讓我死吧！我想死呀！」

寶忿怒莫名：「你為了哪個混蛋自殺！你是不是瘋了！」

琪琪淚如雨下：「我真的很喜歡陳明！為什麼他不能喜歡我？為什麼他不要我呀？」

琪琪抱著寶，哭聲悽厲，讓寶有一份錐心之痛。

寶也被琪琪的傷心所動容。

寶深呼吸，電光火石之間，她為可憐的琪琪做了一個決定。

「你真在想和陳明在一起？」

哀傷的琪琪不住點頭

寶堅定地看着琪琪：「好！我幫你把他搶回來！」

琪琪疑惑地看著寶。

寶胸有成竹：「首先，我要令他離開那個女人！」

琪琪丈八金剛，摸不著頭腦：「你說什麼？」

寶把琪琪抱得更緊，像是要她對自己更有信心。

寶心意已決：「總之，一切包在我身上！」

琪琪錯愕地看著寶，但寶那堅定不移的眼神卻又慢慢令琪琪情緒回復平靜。

琪琪問寶：「你為什麼對我那麼好？」

寶對著琪琪，眼球輕轉，閃過一絲諱莫如深的笑容。

「或者有一天，你也要幫我呢！幫我從別的女人手裏搶回我最愛的男人！到時候，你會幫我嗎？」

琪琪沒有回答，她心裡細細咀嚼著寶的這番話。

※　※　※

夜深時分，下起滂沱大雨。

一輛計程車停在街口，陳明剛從外頭回來，卻忘記帶傘，從車廂倉惶跑出來，萬分狼狽。

陳明好不容易跑到家門前，渾身濕透。

此時，陳明才瞧見一個人早坐在大廈管理處。

那人正是久違了的寶。

陳明看見寶雙眼紅腫，一副剛剛哭過的模樣。

陳明走近寶。

「寶！你沒事吧？」

寶點頭，楚楚可憐：「我剛剛跟男朋友分手……我不想回家，你可不可以陪我？」

陳明正手足無措之際，寶已主動靠向陳明懷抱。

陳明感受到寶豐滿的酥胸靠向自己，那份從柔軟肌膚緊貼而來的體溫，教陳明耳麻腮赤，心嘭嘭跳躍。

從此，陳明再也走不出寶的五指山了。

外面仍然大雨未停，陳明把寶帶回家。

陳明端上熱茶給寶。

寶雙手捧著熱茶，掌心裡傳出一陣暖和。

「不好意思！打攪你了？」

「別客氣！都是朋友，不用這麼客氣」陳明關切地問道：「你沒事吧？」

陳明這句慰問，卻令寶忽然悲從中來，像是又想起了男友的事，眼淚又奪眶而出。

陳明內疚刺激了寶：「對不起！我是不是說錯話了？」

寶搖頭：「不關你的事……」

陳明改變話題：「你吃飯了嘛？我做點東西給你吃？」

陳明忽然手機響起，一看，有點避忌。

陳明走進房間接電話。

電話那頭是兇巴巴的徐莉。

徐向陳明大興問罪之師：「你在哪裡？開場啦！還沒到

呢？等死我了！」

陳明輕聲道歉：「對不起！今晚來不了。」

徐莉打斷陳明的說話：「你說什麼！你不來！你知不知道這兩張票我很辛苦才弄來的。」

陳明語氣卑微：「我……我……家裡有點事，真能不能來了！我答應你下次再陪你看！」

徐莉大動肝火：「好啊！那你下次找第二個女朋友陪你看吧！」

刁蠻的徐莉憤怒的掛斷電話。

陳明呆立當場，歎一口氣。其實他早已忍夠了徐莉的壞脾氣。

陳明步出房門，忽然寶從後面把他抱緊，

陳明驚訝：「阿寶……」

寶語調溫婉柔弱：「是我錯過了你！你才是全世界對我最好……」

陳明心知肚明，他第一次看見寶，早已一見鍾情。

寶水汪汪的眼睛凝視陳明，似看穿了他的內心：「你還喜歡我，是不是？」

陳明戰戰兢兢，不敢說話。

寶追問：「回答我！」

陳明反問寶：「如果我說是，你會怎麼說？」

寶不假思索：「我會說——我也是！」

陳明驚喜交集，不可置信：「真的？」

寶吻了陳明臉龐一下，再吻向他的嘴！

「今晚我想留在你這裡！」

陳明當然沒有拒絕寶的要求。

墮進溫柔鄉的陳明，只想眼前一切如春夢一場，但最好永遠不要醒過來。

※　※　※

那天，琪琪在飯堂獨個兒用餐。

此時，徐莉、馬雯和方麗麗在琪琪身邊經過。

徐莉用很奇怪的眼神打量琪琪。

琪琪渾身不自在，低頭不語，其實緊張得汗流浹背。

徐莉跟同行的馬雯和方麗麗打了一個眼色。

馬雯嘖嘖稱奇：「就是她呀？」

徐莉點頭。

方麗麗一副不能置信的表情：「你男友怎麼會喜歡這種質素的！」

馬雯附和：「是啊！怎麼帶出去見人呀？真丟人？」

徐莉沾沾自喜：「男人就是這樣！什麼垃圾都能吃得下去，不過待他命好有機會吃碗魚翅，以前吃的那些粉絲當然馬上吐出來啦！」

方麗麗笑得合不攏嘴：「嘩！你真厲害，兜怎麼大個圈誇自己是上等魚翅！」

徐莉白了琪琪一眼：「我們還是去別的地方吃吧！有人在這兒弄的我都沒胃口了！」

徐莉一字一句的奚落都如利劍插進琪琪心坎裡。

琪琪緊握拳頭，容忍真的有限度，懦弱的琪琪也按捺不住，正想起身跟徐莉理論之際，出人意表的事情卻發生了！

馬雯此時指向遠處，再回頭問徐莉：「咦！那不是你男朋友？」

方麗麗像發現新大陸：「他旁邊的女孩不是鄺美寶嗎？」

徐莉一看，晴天霹靂的畫面出現了，只見陳明和寶拖著手一起到達飯堂。

事實擺在眼前，馬雯和方麗麗這對馬屁友當然不敢在徐莉身邊再說半句。

陳明和寶步步逼近徐莉。

陳明有點難為情，寶以一個勝利者姿態向著徐莉耀武揚威。

徐莉刻意擠出笑容，死不認輸地告訴馬雯和方麗麗：「其實我和陳明兩個星期前就分手了，想不到這麼快就有人穿我的舊鞋！」

馬雯和方麗麗當然知道徐莉只在死撐面子，也不便拆穿，唯有識趣陪笑。

「咱們走吧！這裡有很多我不想看見的人，再呆一會我就吐了！」

馬雯和方麗麗異口同聲：「好啊，我們去別的地方吃！」

徐莉率馬雯和方麗麗揚長而去。

琪琪近距離目睹徐莉的表情變化，她永遠記得那強顏歡笑，因為它比哭還難看。

琪琪此刻真有大仇得報的快感。

琪琪知道今次要感謝寶，她遙看寶和陳明在遠遠一枱坐下來。

琪琪看著陳明和寶卿卿我我，轉念之間卻有一份悵然感覺揮之不去。

※　※　※

琪琪下課回到宿舍，寶剛穿戴整齊預備上街。

「又出去？」琪琪打量寶一身衣著配襯：「從前未見過你穿這條裙子？」

「新買的裙子！我很喜歡！」

琪琪問到：「約了陳明？」

寶點頭：「是呀！」突然想起一些有趣的事：「我差點忘了告訴你，那個徐莉昨晚打電話給陳明，哭著說很想他，苦苦哀求他希望復合！誰知道陳明很肯定的跟她說不可能！差點氣死她，你聽到是不是痛快呀？」

琪琪聽到卻沒半點興奮，反記起另一件事：「原來昨晚你在陳明那兒？」

寶語氣猶疑：「我……我沒過夜啊」

「可你今天早上六點才回來……」

寶解釋：「他說晚上一個人走不安全，說早上再送我回來！」寶以笑遮窘：「你別想歪了！你忘記了嗎？我說要幫你把陳明搶回來的！」

琪琪反唇相稽：「我是怕你忘記了！」

寶不滿琪琪言詞尖酸，但不好發作：「我沒忘記！我不立即他說分手，是怕徐莉再乘虛而入……」

琪琪話中有話:「你手段這麼厲害,徐莉怎會是你對手？」

寶一怔，琪琪從來不會如此出言諷刺自己。

「你不是說趕著出去嗎，我回來的時候看見陳明在樓下⋯⋯」

寶見氣氛不妥，不再跟琪琪理論，道別了一句便靜靜離開。

寶走後，琪琪行近窗邊，俯視花園旁的涼亭。

琪琪見到寶走到涼亭會合陳明，二人甫見面便相抱擁吻，然後牽手揚長而去。

琪琪看著寶的所謂「假戲真做」，卻只感一份心如刀割。

寶和陳明不知不覺已經相愛了半年了。

琪琪每天回到宿舍，依舊倚著窗前，俯視公園旁邊的那座涼亭。

這已成了琪琪風雨不改的習慣，她總是在監視陳明接送寶的一舉一動。

琪琪又看見了陳明送寶回來，在涼亭中依依不捨，最後，寶吻別了陳明，陳明才讓她離開。

琪琪看得出神，良久才聽到門外傳來一陣鎖匙聲。

是寶回來了，琪琪連忙關燈上床，假裝沉沉睡著。

寶洗澡後從浴室步出，疲倦地攤在床上。

琪琪其實還未睡。

寶突然在床上心有靈犀地對著空氣說話：「琪琪，我知道你沒睡！過兩天你就不用再看著窗外等我們回來了！我決定了跟陳明分手！到時你可以去找他，他始終還是屬於你的！」

琪琪沒說話，但聽到寶跟陳明終於分手的消息，既是震驚，卻又狐疑。

琪琪疑惑寶為什麼會主動離開陳明。

寶好像看穿琪琪內心：「你是不是想問我為什麼跟陳明分手？因為我認識了新男朋友，我有預感他是我人生中最後一個男人，他真的很好！又疼我又聰明還有上進心！晚點我介紹你們認識！」

琪琪恍然大悟，原來寶又見異思遷了。

寶只是把不要的男人還給她。

寶聲音仍然興奮：「差點忘了告訴你，他叫家明！」

琪琪牢牢記著這個名字。

琪琪想起床跟寶說話，但發現她竟不知不覺墮進夢鄉。

琪琪也猜不透寶剛才的話，如幻似真，是夢話還是真話？

寶預料不到，那晚在房間卻是她最後一次跟琪琪碰面。

※ ※ ※

那個黃昏，寶興高采烈從外頭回來，甫進門，滿臉興奮。

寶叫喚琪琪：「琪琪！琪琪！」

寶突然停步，因她發現房間不一樣了！

寶第一眼便看見窗旁的蘭花不見了。

寶不知道哪來的預感叫她打開衣櫃，只見衣櫃裡屬於琪琪的衣服統統被拿走！

寶嚇得大叫：「琪琪！琪琪！」

房間裡只迴盪著寶的聲音。

寶在桌上發現了琪琪留下的一封信。

寶細讀那封信，心情跌向谷底，

琪琪在信上告訴寶，她舅舅在家裡突然中風，一句說話都留下就走了，所以她要馬上回去照顧舅母一家人！琪琪感謝寶這麼久以來對她的照顧。

雖然琪琪在信裏說，解決完家裡的事後就會回來，但是直到大學畢業，寶也沒有再見過她！

寶那天回來，其實只想告訴琪琪一個好消息，她已經和陳明分手了！

可惜，琪琪始終不知道。

寶記得那年琪琪不辭而別，人間蒸發後，寶跟家明很快便墮入愛河。

沐浴在新戀情的寶，漸漸又忘記了琪琪這個好朋友。

轉眼之間，十年過去了。

寶想不到會跟琪琪有重逢的一天。

你再跟他

在一起

他會

打死你的

五

你再跟他在一起，他會打死你的！

一輛計程車在一舊樓門前停下。

戴上墨鏡的寶從計程車步出。

寶在舊樓門前左顧右盼，一副擔心被人看見的樣子。

寶鬼鬼祟祟走進大廈，大廈牆外掛著一個小小的招牌：「陳明偵探社」

掛在天花板上的老式吊扇不停轉動，發出吱吱的聲音。

街上陽光猛烈，透過窗戶灑在地板上，金光閃閃。

陳明招呼寶坐下，沒見多年，陳明樣貌明顯滄桑了不少。

天氣悶熱，陳明不住抹汗。

「不好意思！今天冷氣壞了，你熱不熱呀？拿瓶汽水給你喝？」

寶搖頭，有點不耐煩：「我叫你辦的事怎麼樣了？」

陳明成竹在胸：「叫你上來當然是交功課啦！」

陳明走到檔案櫃，打開抽屜，取出一個公文袋。

陳明把公文袋遞給寶，寶正想接過，陳明突然又縮手。

寶愕然：「你幹什麼？」

陳明看着寶煞有介事：「你要有心理準備啊！」

寶一手把公文袋奪過來。

寶出奇地冷靜：「從決定找你調查家明那刻開始，我已經做好最壞的打算！」

寶打開公文袋，掏出一疊相片來。

寶眼裡全是家明和瑪麗一起偷歡的罪證。

寶看着拍片，心裡如受電殛，雖說這年來她已猜到家明和瑪麗之間關係非比尋常，但想像歸想像，當證據確鑿擺在眼前，那份打擊卻是意料之外的揪心刺肺。

頃刻之間，寶深知不能讓憤怒淹沒理智，她要報復必須冷靜行事。

寶鎮定下來，吩咐陳明：「陳明，幫我繼續查下去！」

陳明不解：「還要查？已經證據確鑿。」

寶搖頭：「幫我查瑪麗！我要知道她更多的秘密，特別是和其他男人，以前的跟現在的統統都要！還有一定要快，越多越好！」

陳明公事公辦：「那我要多找幾個人，可能得花點錢！」

寶爽快：「沒問題！你說了算！」

陳明好奇：「你要這些幹什麼？」

寶白了陳一眼：「現在是我給錢你做事！我不用回答你的問題！」

陳噤聲不語，他熟悉寶的性格，她是不會輕易放過瑪麗的。

※　※　※

寶離開偵探社後，並沒有回家，反而一個人在街上蹓躂。

面對被自己深愛男人背叛的殘酷事實，寶只想大醉一場，暫時忘掉一切心如刀割的痛苦回憶。

最後，寶來到街上一間酒吧。

寶推門進去，只見酒吧裡人頭湧湧。

寶心頭一涼，瞧見酒吧裡家人都是三教九流之輩，立時打起退堂鼓，正要轉身離去，忽然一個賤肉橫生的莽漢捉著寶的手臂。

大漢色迷迷地調戲寶：「美女！不多呆會兒？過來我請你喝酒！」

寶沒理大漢，掙開大漢：「放手呀！我不認識你！」

大漢不放過寶：「過來聊兩句就認識了！」男人死命把頭愈哄愈近，「來吧！我很好相處的！」

寶一腳踹落大漢小腿：「給我滾開呀！」

大漢痛極放開了寶，退後兩步，寶立即衝去洗手間方向。

寶本想遁後門離開，但此時卻傳來一把無比熟悉的聲音。

「強！我求求你！不要再賭了！跟我回家吧！」

寶沿著聲在人叢中找尋聲音，只見一個女孩子正和男人在拉扯糾纏。

寶赫然發現那個女人不是別人，竟是失蹤多年的琪琪！

對面那男人正是琪琪的丈夫強，他滿臉通紅，一看已知喝了不少。

琪琪聲嘶力竭地喂跟強拉扯：「不要賭啦！我們回去吧，好不好呀？」

強對琪琪咆哮：「不賭？不賭哪有錢呀？要不這樣，你給我錢！有錢我就不賭了！」

琪琪苦苦哀求：「我們回去吧！我和你一起找個工作，你勤快點熬一熬，很快就能從頭開始了！」

可是強被琪琪的說話挑動了神經：「熬？我熬了多久才有今天呀？哦！現在說炒就炒！還要老子從低做起，我沒這麼笨！我不會再熬了！我現在要賭！賭回我失去的！看還有沒有人瞧看不起我！」

強身邊的損友蠢蠢欲動，摩拳擦掌。

損友推波助瀾：「喂！強哥！大家都等著你開局呢！行了嗎？」

強一副大哥狀：「怕你呀！昨晚輸了那麼多，今天一定要全贏回來！」

對琪琪拋諸不理，跟隨損友們離開，琪琪突然在強面前跪下，強也嚇了一跳。

「你不要去呀！不要再賭啦！」琪琪衝口而出：「你會輸的！」

強甫聽到個「輸」字，勃然大怒。

強眾目睽睽一手揪住琪琪的頭髮：「怪不得最近運氣不好呢！原來是你這個喪門星！一天到晚詛咒我！」

強狠狠地掌摑了琪琪數掌，琪琪跌倒地上，金星四冒。

琪琪只覺臉龐一陣灼熱，伸手一摸，指間染上鮮血，原來強手上的鋼表帶不慎劃破了琪琪的臉頰。

強打得興起，又對琪琪拳打腳踢。

在場酒客看不慣強向琪琪動粗，走上前拉開強。

琪琪蜷縮在地上，簌簌發抖。

現場一片混亂，寶在人叢中不見了。

強和損友被酒吧老闆下逐客令，強等人悻悻然離開酒吧。

強沒半絲悔改：「了不起呀！我們去別的地方再喝！」

損友：「還喝！快點坐船去澳門吧！今晚要是贏了，喝死你都行！」

強賭性大起：「快點走吧！想起百家樂就興奮呀！」

強和損友在路上截計程車，一溜煙地消失了。

良久後，琪琪腳步蹣跚地步出酒吧。

琪琪忽然瞧見對面馬路有一人打量自己。

琪琪看真一點，那人正是闊別十年的寶。

寶和琪琪久別重逢，仿如隔世。

※　※　※

寶和琪琪來到路邊大排檔聚舊。

飯桌上四餸一湯，菜香撲鼻，垂延三尺。

琪琪看著一枱香噴噴的餸菜，什麼也沒說便大快朵頤，琪琪吃得暢快，菜汁滿嘴滴下也不自覺，呼嚕嚕扒了滿滿的一碗飯。

寶當時並不知道，原來這是琪琪一年來吃得最舒服的一頓飯。

寶十分欷歔，她一看便知琪琪的最近日子過得很難。

吃飯後，琪琪突然起身告辭。

琪琪不敢跟寶有眼神接觸：「謝謝你請我吃飯，我有事先走了！」

琪琪站起身，卻被寶叫住：「琪琪，你真的什麼都不打算跟我說嗎？」

琪琪抬頭，向寶擠出笑容：「我……我沒事呀！」

寶語氣關心：「你的臉怎麼了？」

琪琪摸摸臉龐貼上的膠布：「我……我不小心摔倒！」

寶拆穿琪琪謊話：「琪琪，剛才我在酒吧裏，全看見了！

你當我是朋友就不要騙我！」

琪琪渾身打顫，她萬料不到跟寶多年不見，此番重遇，卻給她看到了自己人生最悲慘的一刻。

「那個男人是誰呀？」

「他是我老公！」

寶一怔，她難以想溫馴善良的琪琪竟會嫁了一個如野獸般兇惡的壞男人。

琪琪緩緩坐下，喫一口熱茶，透一口氣，向寶細訴自己的故事。

琪琪思緒飄到很遠很遠：「阿強以前不是這樣的！我跟他在北京相識，拍拖兩年後便結婚，那時候，他很有上進心，可是自從兩年前公司裁員之後，所有的事都變了！剛開始阿強很積極的找工作，但是沒一間公司肯聘用他，他說不想從低做起，於是就抵押了我們的房子，拿錢和朋友做生意，後來生意沒做成，又和朋友鬧翻了，不到半年，那些錢都打了水漂！可能以前阿強一直太順利，一輩子只聽過挖角、跳糟、升職，從來沒聽過失業兩個字……但是我沒怪他，他說想東山再起，我到處找人借錢，白天去公司上班，晚上去開計程車，結果他竟

然拿著我辛辛苦苦賺回來的錢去賭！這次來香港，我很辛苦才求舊同事介紹了一個工作給他，豈料到他不去面試，反倒約了一群豬朋狗友，準備去澳門大賭一場！」

琪琪細說強變壞的過程，語氣淡漠，好像轉述別人的故事。

寶納罕，家家有本難唸的經，她也不知道怎樣安慰苦命的琪琪，只慨嘆為什麼不好的事情總發生在她身上。

※　※　※

寶送琪琪回旅館休息。

琪琪所住旅館位於一破舊唐樓裡，沒有電梯之餘還要爬上六七層長長樓梯。

寶跟琪琪步進了一狹小房間，寶環顧周圍，陰暗、骯髒，滿屋都是吃剩的食物和穿過的衣服。

寶一進門本能動作伸手掩鼻，琪琪瞥見寶這個動作。

寶不好意思地把手放下，但為時已晚，琪琪更覺得她惺惺作態。

寶向琪琪伸出援手：「琪琪，不如我幫你找間酒店吧！」

琪琪拒絕寶的好意：「不用了，我們再住幾天就回北京了！」

「你還打算和那個混蛋一起？」

「他始終是我丈夫……」

寶告訴琪琪一個事實：「你再跟他在一起，他會打死你的！」

琪琪沈默不語，她當然知道強脾氣變本加厲，總有一天他會跟自己同歸於盡。

但琪琪在寶這個舊友面前，真的不想在重逢的第一天，便要承認自己的命運已經沒有轉彎的餘地。

寶熟知琪琪的倔強性格，沒再說下去，藉故告辭。

「我先走了，明天再打給你！」寶打開皮包掏出鈔票交給琪琪：「你拿去買點日用品……」

琪琪不肯收下：「還是朋友就收回去吧。」

寶識趣地把錢放回皮包。

寶跟琪琪道別，離開旅館。

寶走後，琪琪獨自坐在床邊，她雖然一窮二白，但還想保留點自尊。

就在此時，幾名彪形大漢押著強回來。

只見強衣衫破爛，滿臉傷痕，一看就知剛被人大打一頓。

琪琪見狀，憂心忡忡上前扶住強。

強扮可憐狀：「琪琪！救我！」

琪琪質問大漢：「為什麼把我老公打成這樣？」

大漢聲大夾惡恫嚇琪琪：「你老公在我檔口借了一筆錢，他說你會幫他還！」

琪琪晴天霹靂：「你又借錢？我叫你不要再賭了！為什麼你就是不聽呀？」

強聲淚俱下：「琪琪！我知道錯了！我答應你我會砍手指戒賭！求求你幫我還了這次！要不他們會打死我的！」

琪琪無助地道：「我真的沒錢呀！」

強咄咄相逼：「你曾經在香港讀書，一定有同學的！找他們借吧！」

琪琪情緒崩潰：「我十年沒回來了！你讓我去哪里借！我真的沒有！你要我說多少次才信！」

強反埋怨琪琪：「你真的想看著我被人打死？」

琪琪慟哭：「你不要逼我啦！你不要逼我啦！」

大漢在旁看得不耐煩：「你們倆演完戲了嗎？我大哥說你這個混蛋沒錢還，就讓我砍他的手帶回去！」

大漢向身邊手下打眼色，手下懷裡掏出長長的西瓜刀！

大漢吩咐手下：「把他抓過來！」

手下捉著強來到大漢面前。

大漢盯著強，殺氣騰騰：「拿把刀給我！」

強臉色灰白：「大哥！不要砍我！救命呀！」

琪琪驚惶失措：「求求你放過我老公！」

強和琪琪嚇得聲嘶力竭，此時卻有一把聲音喝止大漢。

「住手！他的帳我替他還！」

眾人轉身一看，只見去而復返的寶。

原來寶還是不放心琪琪，去了超市買了一堆食品和日用品回來。

大漢打量寶：「你是誰呀？八婆！」

寶語氣硬朗：「你管我是誰呢！他欠你多少錢？說吧！」

「連本帶利十二萬！你是不是真的替他還？」

「我沒帶那麼多錢」，寶把手上一隻名牌手錶脫下，交給大漢：「你把這錶拿去！這隻錶不只十二萬！」

大漢以為寶撒賴：「你腦子有進水啦！這錶是真是假？」

寶眉頭也不皺一下：「那你是想拿手還是拿錶回去見你老大？你自己考慮！」

大漢盤算一會，最後收了手錶，嘴裡向寶下馬威：「八婆！你別玩花樣啊！若你夠膽騙我，你跑不了的！」

寶面不改容：「隨時奉陪！」

大漢和手下趾高氣揚地離開。

琪琪感激：「阿寶！你為什麼幫我們呀？都不關你的事」琪琪推推強，「阿強！快點謝謝人家啊！」

強厚顏地走到寶面前：「你就是阿寶呀？琪琪總是在我面前提起你！嘻嘻！我都說了出門靠朋友，這次真是幸虧有你！我這次來香港要談一筆大生意，你有沒有時間？大家坐下聊聊，你是琪琪的好朋友，有好事當然算上你了！這筆生意回報率很高的！」

寶白了強一眼，完全當他透明。

琪琪識趣地拉走寶：「寶！我送你出去！」

琪琪把寶送出門口。

寶臨走時，把卡片秘密塞到琪琪手裡：「琪琪，你有什麼隨時打給我！」

琪琪點頭，寶才放心離去。

琪琪目送寶下樓，心裡暗暗嗟嘆，今次又欠寶一份人情了。

琪琪慨嘆跟寶久別重逢，從對方的衣著打扮，這些年來生活一定過得愜意舒適，反而自己走投無路還要受她施捨，想到這裡，琪琪心裡更加痛恨命運之神總是對她殘酷不仁。

琪琪萬萬想不到明月背影有陰暗，一家難知一家事。

寶其實也是傷痛累累的可憐人。

假若寶不是被家明背叛，她也不會找上陳明，最後更不會在這個晚上跟琪琪重逢。

一切都好像是天意安排，寶和琪琪兜兜轉轉終會再見。

只是已經分不清楚當中是緣？還是孽？

※ ※ ※

那晚寶離開旅館後，一個人心事重重地回家。

寶在床上夜不成眠，寶想起多年不見的琪琪命運多舛，被那個如吸血鬼般的渣男丈夫折磨得體無全膚，寶為了琪琪的幸福，立定主意要在強的魔掌中把她拯救出來！

就在此時，一隻手不知不覺竟從寶的背後伸過來，粗暴地握著寶的乳房。

原來睡在身邊的家明忽然變成了一頭飢渴的野獸！

寶和家明在床上親熱，家明正要長驅直進之際，收到一個神秘來電，家明本來燒得張狂熾熱的慾火倏然熄滅。家明鬼鬼祟祟說上街買煙，寶猜到家明是出外跟瑪麗打電話。

寶落寞地走進浴室，她痛恨瑪麗這個第三者，越來越明目張膽入侵自己跟家明的生活。

寶再也按捺不住，對著鏡子裡的自己啕號大哭。

此時，寶收到琪琪的電話。

寶抹乾淚痕，裝作若無其事接聽來電。

寶慰問：「琪琪，你找我什麼事？那個混蛋有沒有再打你呀？」

「沒有！你不用擔心！」

「那就好！」

琪琪原來打來是跟寶道別：「阿寶！我明天回北京了！」

寶意外得很：「這麼快？怎麼不再多待幾天？」

「寶！我很感謝你一直都這麼照顧我，但是那筆錢……」

「別說這些了！我們是好朋友嘛……」

琪琪由衷地感謝：「寶！你對我這麼好！我都不知道怎麼報答你！日後只要你有需要我的地方，無論要我做甚麼，我也會答應你！」

琪琪這句說話，在寶腦海裡徘徊不散，更令寶忽然浮現一個奇怪想法！

寶對琪琪說：「琪琪！你現在有空嗎？要不出來見個面！」

可能有一天，
你也要幫我……

六

可能有一天，你也要幫我……

寶相約琪琪到海濱公園見面，夜色闌珊，星光閃閃，都會永恆不息地熱鬧、璀璨，只是身處其中的每個人，總是暗藏心事。

寶等了琪琪良久，她看看時間，心中嘀咕，認識了琪琪這麼多年，她唯一不變，還是習慣遲到。

此時，琪琪姍姍來遲，連奔帶跑趕到。

琪琪向寶連忙賠罪：「不好意思！我又遲到了！」

寶朝著琪琪苦笑：「認識你第一天你已經遲到啦！」

琪琪似有苦衷：「我想臨走前送樣東西給你！」

寶這才留意到琪琪挽著一個大膠袋。

琪琪從膠袋中取出一盆蘭花。

這盆蘭花雖然嬌小玲瓏，但吊鐘形的白花仍散放陣陣芳香。

琪琪告訴寶：「我找了很久！雖然沒有以前宿舍的那盆開得美麗，但是也很清雅，希望你喜歡！」

寶看着蘭花，心裡感動：「我很喜歡！謝謝你！」

「阿寶！應該我謝謝你才對，這麼多年我每次有事都是你照顧我！就像這次阿強的事，我答應你，那筆錢我會慢慢還給你！」

「你別跟我客氣了！」

琪琪長吁一聲：「寶！就算我能把錢還給你，這份恩情我不知道該怎麼還……」

寶忽然開口：「不是的！你要還，一定能還……」

琪琪爽快答應：「真的嗎？阿寶！你有什麼需要我的，儘管說，我一定幫你！」

「你說真的？」

「只要我能幫忙，我一定答應！」

寶目光如炬地看着琪琪：「你還記不記得十年前我幫你，陳明和徐莉分手？那時候你還問我為什麼對你這麼好？」

琪琪聽著寶的話，回憶歷歷在目。

寶臉色諱莫如深：「那時我對你說，可能有一天，你也要幫我，從別的女人手上搶回最愛的男人！」

聽到這裡，琪琪不語，心裡忐忑。

「琪琪！現在就是那一天！」

寶說完，臉上浮現一個詭異笑容。

※　※　※

那天，家明跟瑪麗一起到北京公幹。

寶開車送家明到機場，目送家明和瑪莉入閘。

車廂中，寶看着家明和瑪麗消失於視線，寶致電給琪琪。

「琪琪！家明剛剛上飛機，照計劃行事！」

此時，寶卻聽不到琪琪的回應：

「喂！琪琪？你聽到了嗎？」

電話那邊琪琪剛剛在發呆……

寶大聲催促琪琪：「喂！聽到嗎？」

琪琪如夢初醒：「嗯！」

寶疑心重重：「你是不是後悔了？」

琪琪提起聲線：「不是！」

寶對琪琪重提承諾：「我答應了你，事成後阿強的債，我會全幫你解決！」

「琪琪，你是我最好的朋友！你不幫我就沒人幫我了！」

寶的軟硬兼施真的湊效。琪琪再沒有臨陣退縮的理由。

「阿寶！我會幫你，你不用擔心！」

寶放下心頭大石：「家明一點鐘到達機場後，我再跟你確定他後面的行程，你記住了！」

琪琪其實沒有很投入地聆聽，這計劃，幾天寶已差不多覆述了一百遍。

但為了讓寶放心，她只好唯唯諾諾裝作專心細聽。

琪琪翻閱著寶給她的檔案，裡頭有幾張家明的照片。

相中的家明英俊的臉龐流露著燦爛的笑容，琪琪對這張臉孔留下刻骨銘心的印象。

看着家明的相片，琪琪不知怎的生了一份醋意，她妒忌寶為什麼總是把世上最好的一切也垂手可得？包括眼前這個氣宇軒昂的帥氣男子。

※ ※ ※

計劃的第一天，一直開著計程車監視家明的琪琪，從酒店跟蹤家明和瑪麗乘車到達飲宴場地。

深夜時分，酒家打烊，只見家明扶著爛醉如泥的瑪麗在寂靜的街頭等待計程車。

琪琪此時開動計程車停在家明和瑪麗面前，一切都是經過悉心安排，當中包括琪琪自告奮勇幫助家明一起把瑪麗送回酒店，還有琪琪臨走時，刻意把皮包遺留在房間。

所以當琪琪從酒店步出，她在街上一邊走一邊回頭，就是細看家明有沒有緊隨其後。

琪琪走進後巷，強已經在等待。

琪琪還未走近強，已嗅到他渾身酒氣：「你怎麼又喝多了？」

強醉得搖搖欲倒，但仍責罵琪琪：「那小子幾時出現？我約了人！」

「你又約了誰呀？爲什麼你回來後一點都沒變呀！你記得答應過我回來好好做人？阿寶好心幫我們還債，你幫她一次也不行呀！你喝那麼多，一會兒耽誤事怎麼辦？」

強忍受不了琪琪的連珠爆發，把手上的酒瓶扔在地上，玻璃散滿一地。

強怒極掌摑琪琪:「你吵夠了沒有！我只是答應幫你演戲，不用你教我怎麼做！真是個賤骨頭，不打不行！」

琪琪失望哽咽：「你沒的救啦！我前世做了什麼壞事，爲什麼我會嫁給你！」

強笑得喪盡天良：「不願意就滾啊！別在這兒丟人現眼！我還未怪你這賤人跟著我後，沒一天不倒霉！」

琪琪對強咆哮：「你趕我走？你每次惹禍誰救的你呀？你現在叫我滾？你的良心被狗叼走了？」

「好啊！你說的這麼偉大，你不走是吧？那我走！」

強轉身離去，琪琪上前追上他。

琪琪一手捉著強：「你不能走！他就快來了！求求你，幫我演完這場戲！求求你呀！」

強掌摑琪琪，一手推跌她在地上。

「現在求我了？你這賤人真犯賤呀！」

此時家明走出酒店，經過後巷只見琪琪和強在街上拉扯，渾身酒氣的強，大力揪住琪琪的頭髮，琪琪拼命掙紮。

家明見狀，見義勇為上前阻止，最後家明終把強打發。

家明卻不知道，他這次英雄救美，一切都是琪琪和寶的計劃。

家明送琪琪回家，琪琪體貼地替家明包紮傷口。

琪琪向幽幽道出跟強的故事，當中有甜蜜、有苦澀、有喜悅、也有悲哀。

家明很安靜地聽下去，沒有插嘴，也沒有急不及待地發表意見。

最重要是琪琪從家明聆聽的眼神裡頭，看到一份真摯的同情。

琪琪恍然記起，已經很久很久沒有男人願意聽自己說話了，琪琪對素昧平生的家明真的生了莫名的好感。

琪琪走進浴室洗澡，花灑的冷水淋遍全身，冰寒徹骨令琪琪立時清醒過來，琪琪做夢也沒想過自己會欺騙男人。

但今晚這場戲自問又演得不錯，一份久違的滿足感卻蓋過了做壞事的罪咎感。琪琪沾沾自喜之際，才瞥見家明原來靜靜站在客廳裡偷看自己。

但琪琪這刻偏偏沒有斥責家明的孟浪。

琪琪反而莫名享受這個男人凝視自己的胴體。

可是，當琪琪從浴室出來，家明已經不見蹤影。

琪琪看見放在蘭花旁邊家明留下的電話號碼。心裡竊喜，因為她知道家明已經一步步跌落陷阱。

※　※　※

天剛魚肚白。

寶在床上輾轉反側。

寶此時收到琪琪的長途電話。

寶緊張問琪琪：「琪琪！怎麼樣？」

「一切順利！」

「家明沒懷疑你？」

「應該沒有！」

寶想到一些事，但又欲言又止：「那你們……有沒有？」

琪琪爽快地終止寶的幻想：「我跟他剛剛認識。」

寶自覺說話刺中琪琪：「我不是那個意思……」

琪琪冷靜地問寶：「現在怎麼辦？還繼續下去？」

寶吸一口氣：「當然繼續，總之你依計行事！」

「好的！我有事再打給你！」

「琪琪，謝謝你！」

「不用客氣！」琪琪語帶諷刺：「受人錢財，替人消災」

寶還想跟琪琪解釋，但琪琪早一步掛斷電話。

寶心血來潮致電家明。

電話響了良久沒有人接，最後電話接通了，但電話筒那邊的家明，語氣若即若離，只說昨晚喝多了，總之都是不想說下去的藉口。

寶不欲自討沒趣，無奈乖乖收線。

收線後，寶有一份說不出的空虛，為了令變心的男人回到自己身邊，此刻卻只感到筋疲力盡，無處話淒涼。

琪琪那邊剛放下電話，心情依舊悶悶不樂。

琪琪心知肚明寶對她早有戒心！十多年沒見的這個好朋友，友情已經不能回到過去，她只是利用自己來完成這個儲心積累的計劃。

說穿了，她不過是寶手上一件工具而已。

可是今時今日的琪琪，已經走投無路，形勢比人強，她也沒有本錢可以拒絕寶！

琪琪想得入神之際，腦後卻傳來一把聲音。

強對著琪琪怒吼：「八婆！你還說跟那傢伙沒事？怎麼樣！那天我走了，你們幹壞事啦！給我帶了多少次綠帽子呀？」

「要你做的事情做完了，這裡沒你的事了！你給我走！」

「哦！想過河拆橋啊？！沒那麼容易！這件事我不能吃虧，怎麼也要賺他一筆！」

琪琪默然拒絕：「你想都別想！」

「好啊！你想斷我財路，我就全都說出來！大不了一拍兩散！」

琪琪驚惶：「你想怎麼樣？你不要亂來！」

強想到了一條財路，沾沾自喜：「把老婆讓出來給人玩了！我當然要拿回應得的那份！」

琪琪不知哪來的勇氣，走前賞了強一記耳光:「你不是人！這種話都能說的出口！」

強埋沒良心：「只要有錢我什麼都幹！」

琪琪大聲掙扎：「你想幹什麼？」

強面見猙獰，步步逼近琪琪。

強把手機擲向琪琪。

強命令琪琪拾起電話：「快打給那個傻瓜！他來了後，我慢慢跟他算帳！」

琪琪看着手機，正猶疑之間，強暴躁地揪起琪琪的頭髮，大力把她推向牆邊。

強一拳打向琪琪肚子。

琪琪痛得眼淚直冒，天旋地轉！

強得意笑了一聲：「不要怪我！演戲嘛！總得逼真一點，不讓你受點傷，一會兒怎麼騙那個傻瓜錢！」

琪琪為了保命，逼於無奈致電給家明求救。

家明收到琪琪電話，氣急敗壞到達，家明目睹她被強打得遍體鱗傷，緊張地抱著琪琪到醫院。

家明把琪琪送到醫院，他竟然肯付錢讓強離開，琪琪對家明的無私奉獻，意想不到的感動。

心軟的琪琪差點忍不住把真相告知家明，但轉念之間，卻害怕會破壞了家明對她的良好印象。

從小到大，琪琪從來未遇上過有一個男人如此緊張自己的安危。

或許老天爺也同情琪琪這些年來被男人傷得太深，所以終於大發慈悲，給她一個像家明般完美的男人，將她從強的魔掌中拯救出來。

琪琪感概萬千，家明的好，卻又是如此遙不可及。因他由始至終也不是屬於自己。

琪琪羨慕寶總是不費吹灰之力便能得到世上最好，而自己偏偏只能當一個卑微的旁觀者，眼巴巴地目睹別人幸福快樂。

琪琪愈來愈不甘心，難道她就只配有這種替人高興的命？

琪琪此時瞧見家明用錢打發強，強收錢後馬上得意洋洋離去，一眼都沒望過自己。

琪琪心如刀割，利益當前，強最後竟放棄自己不顧。

琪琪情緒崩潰地痛哭，此時家明主動提出已經在酒店裡訂了房間讓琪琪好好休息。

※　※　※

琪琪回房間休息。

琪琪一夜未眠，此時寶又來電。滿懷心事的琪琪沒有接寶電話。今天實在發生太多事，千頭萬緒，琪琪實在沒暇理會寶。

琪琪在床上沉沉睡著。

忽然，房間大門轟一聲被人踢開，強又喝得酩酊大醉闖進來。滿身酒氣的強把琪琪從床上拖到地下，對她拳打腳踢。

強喃喃咒罵：「你想一走了之，沒這麼容易！　」

強忽然從腰間抽出一把利刀，刀鋒雪白生光。

「今天我就和你一起死！」

琪琪求饒，大聲呼叫，但是離奇的她的嘴巴雖在說話，始終叫不出半點聲音！

強手上的刀朝著琪琪胸膛刺去，琪琪痛得撕心裂肺。

此時，琪琪在夢中驚醒。

琪琪心跳加速，背上爬著都是冷汗。

※　※　※

第二天早上，琪琪離開酒店，獨自回家。

琪琪獨自回去收拾。

琪琪剛進家門，只見客廳裡一片淩亂，地上放滿許多空酒瓶，睡房此時傳來強勁節拍的音樂。

琪琪心忖強回家了。

琪琪猶豫應否進房收拾東西之際，卻聽到房裡傳來一對男女的淫聲浪語。

琪琪還是按捺不住好奇心，戰戰兢兢推開房門

琪琪被眼前景象嚇得瞠目咋舌，因為她瞧見強和一女子正在床上肉帛相見，翻雲覆雨。

琪琪不相信眼前事實，這一年來強說謊、嗜賭、家暴，最後還不忠於她。

強把所有惡行都犯齊了。

琪琪忍著淚離開，心情雜亂，步履不穩，不小心把客廳那盆蘭花弄跌在地上。

房裡的強聽到異響，衣衫不整衝出來看個究竟。

強奇怪：「誰呀？」

只見地上散落一地泥土，但那株蘭花卻不見了。

大廳中空無一人

琪琪早已不知所蹤。

琪琪從家裡出來，腦海還被剛才撞破強和女伴在床上纏綿的畫面縈繞不散。

琪琪腳步輕浮，心好像被掏空般在街角隨便叫了一輛車。

司機禮貌問道：「小姐，去哪裡？」

琪琪惘然若失，不懂反應。

「小姐……」司機從倒後鏡裡瞥見琪琪黯然淚下。

琪琪看着手上捧著從家中帶走的那株蘭花。

琪琪向司機說了一個地址。

最後計程車到達了舊城區裡的小公園。

琪琪走到公園裡的一棵大樹下。

琪琪蹲在地上，把蘭花埋在土裡。

這株蘭花是琪琪的心頭愛，從前在家裡天天澆水灌溉，悉心照料。

所以，當琪琪離開強的時候，她也記得要把蘭花一起帶走。

琪琪終於為蘭花找到了教她安心的歸宿。

但琪琪自己又何去何從？

琪琪坐在公園的長凳上，看着周遭的景物，忽然生了感觸。

琪琪很久沒回來這裡了。

※ ※ ※

琪琪和強當年新婚燕爾，第一個家就在這裡。

那時候，強在一家外資公司當上經理，薪水優厚。兩小口子喜歡這區環境幽靜，特別是大廈門前這座大公園，周圍樹木林蔭，是煩囂城市裡的一片綠洲，每次來到散步都教人心曠神

怡。當時強告訴琪琪，日後孩子長大了，一家人可以在這裡野餐，遊戲和運動。強不喜歡孩子只顧上網打電動，他認為孩子要多接觸大自然，這樣的成長才是健康和幸福。

那時候，強向琪琪期許了很多未來的願望。

那時候，強和琪琪對未來還擁有很多的憧憬。

強和琪琪最後動用了積蓄，在這區買下了一所高層的千呎單位。

天意弄人，幾年前市道下滑得翻天覆地。強突然被公司裁掉，成了失業大軍。無法償還房貸下，唯有把單位還給銀行，但資不抵債，還倒欠七位數字的債項。

兜兜轉轉，琪琪和強的置業夢頓成泡影。

強開初仍不放棄，努力找工作，可惜一次又一次碰壁後，漸漸心灰意冷，變得足不出戶，頹廢度日。

從前強在職場上意氣風發，慫恿琪琪辭退了在貿易公司的經理職位，留在家中當個被丈夫捧在掌心裡的幸福妻子。

可惜人生像變戲法般急轉直下，過去幾年優哉游哉的生活注定一去不返。

為了維持生計，琪琪唯有重投社會，昔日薪高糧準的白領職位已經不是唾手可得，馬死落地行，琪琪幾經辛苦，終找到一份夜更計程車司機的差事。

琪琪為口奔馳，工作通宵達旦來維持全家開支，而強慢慢已習慣攤大手掌問妻子拿錢，然後在外頭花天酒地，甘願做一條不事生產，自怨自艾的寄生蟲。

※　※　※

琪琪正在嗟嘆自己倒霉坎坷的一生，忽然有一把聲音叫喚她！

「琪琪姐？」

琪琪抬頭，只見面前站著一個笑容燦爛的女人，女人身形豐腴，琪琪打量著她微隆的腹部，猜到她應該懷有四至五個月身孕。

「琪琪姐，還記得我嗎？」

琪琪神態彷彿，努力按著女人的樣貌來搜索記憶。

「我是淑娟，在富盛的舊同事！」

富盛是琪琪從前上班的貿易公司名字。

琪琪恍然大悟：「淑娟，很久不見！」

「真的很久不見！」淑娟一副熱情，拉著琪琪的手：「琪琪姐，你最近好嗎？自從你離職後，一直也沒有你消息！」

琪琪口不對心：「還不錯！」

「當初聽見你以為結婚所以辭職，大家多羨慕你嫁得如意郎君，從此不愁穿吃，當個享福的少奶奶！」

淑娟對琪琪每一句的讚美說話，此刻卻成了在她傷口灑下的鹽，教琪琪隱隱作痛。

琪琪轉換話題，「我也恭喜你當媽媽！孩子何時出生？」

「還有三個月！」淑娟摸著肚子，語氣自豪：「第三胎了，這個是弟弟！我老公恨仔恨發燒，幸好今次如願以償，我終於可以封肚！」

琪琪內心黯然，記起她跟強一直很想生兒育女，但結婚多年卻好夢成空。

現在回想過來，琪琪和強沒有孩子，或許是彼此關係從好變壞過程裡，唯一留下的一件好事。

但有時候琪琪仍然自欺欺人地安慰自己，假若強當了爸爸，他可能會痛改前非，重新做人！

然而世上沒有如果，命運亦不會重頭開始，琪琪只有認命，她是錯愛了一個忘恩薄情的壞男人。

「琪琪姐！我最近也搬來了這區，跟你是鄰居。」淑娟告訴琪琪。

琪琪不出聲。

淑娟看不到琪琪神情改變，「琪琪，你在等你丈夫嗎？我認識你這麼久，也未見過他……」

「他死了！」

琪琪突然用這句說話終止了淑娟那滔滔不絕的糾纏。

淑娟一怔，本來笑容滿面的臉孔不受控制地扭曲一下，一時之間不知要用甚麼表情來承受琪琪說出的噩耗。

幸好此時淑娟的手機響來。

「喂！你到了！我現在過來！」淑娟溫柔地對著電話筒說話。

「琪琪姐！我老公的車子到了！我……先走了！」

琪琪依然不出聲。

淑娟匆匆告辭，連多一句「保持聯絡」的客套說話也吞回肚中。

琪琪目送淑娟的背影離開，這時她終於記起當年在辦公室裡淑娟是甚麼模樣。她工作散漫，練精學懶，最愛背後說人是非。總之當時在琪琪眼中，她不會有甚麼好前途。

但這樣的一個人，最後卻得到了最好的一切。

至少這是琪琪一直夢寐以求，卻求之不得到的一切。

此時，天上風雲變色，雷聲轟轟作響。

忽然下起一場狂風暴雨。

琪琪站在公園，但她沒有跑去有瓦遮頭的地方避雨。

琪琪讓大雨淋濕全身。

琪琪執意地要大雨沖走內心深處的善良和對面對苦難的逆來順受。

琪琪身體裡有一把聲音在說話，從此之後，她會變得堅強，變得不擇手段，變得鐵石心腸！

※　※　※

最後琪琪來到家明房間外，她思量一會兒，才鼓起勇氣按門鈴。

房間裡的家明被外頭雷聲驚醒，失魂落魄開門。

家明眼前是渾身濕透的琪琪，臉上掛著兩道淚水。

家明問琪琪：「你去哪裡了？」

琪琪含情脈脈地看着家明：「今晚可不可以陪我呀？」

家明心如鹿撞。

此時琪琪投向家明懷抱，輕輕把門關上。

我
只不過是一隻
可有可無
的棋子

七

我只不過是一隻可有可無的棋子？

沙灘上，忽然多了很多弄潮兒，嬉笑聲從遠而近，十分熱鬧。

寶和琪琪在露天茶座上繼續喝茶。

寶感激琪琪：「這次真謝謝你！如果沒有你，家明不會對瑪莉這麼快沒感覺！」

「阿寶！聽說那個女人死了，是不是真的？」

寶看穿琪琪那帶着試探的眼神：「幹什麼？你以為我殺了她？」

琪琪不語，就算在這一刻，她也不想懷疑眼前這位好朋友。

寶嗤一聲笑了出來：「哈哈！你真以為我會殺人呀！你以為我瘋啦？」

寶咬牙切齒：「雖然我真的很想她死！」

琪琪看着寶一副猙獰凶相，只感頭皮發麻。

寶理直氣壯：「瑪麗的死是意外，是 100% 的意外！只怪她自己命不好！搶人男朋友是有報應的！」

寶轉移話題：「別說那個死人啦！」

寶從手袋中取出一張支票，交到琪琪手上。

琪琪看見支票上的銀碼，嚇了一跳：「這麼多錢！我不能要！」

「這次讓你和家明……總之你收了我會舒坦點！」

琪琪堅拒不收：「你已經幫阿強還了債，我不能再要你的錢！而且，我找到工作了！」

寶看見琪琪堅持也不好再強求，把支票收回：「那行了！你什麼時候回北京？你走之前我們去吃飯逛街呀！最近我也挺忙的，就結婚了很多事弄，零零碎碎的，我都煩死了……」

琪琪打斷寶的說話：「我不回北京了。」

寶驚詫：「你要留在香港？」

琪琪點頭：「我想離開北京，換個新環境，重新開始……」

寶：「說的也對……」寶話裡有骨：「不過，香港這麼小……」

琪琪搶白：「你放心！我不會讓家明找到我……」

寶：「我不是這個意思，我是說你住慣了北京，香港又擠人又多，怕你住不慣……」

寶說話時眼神閃爍，明顯口是心非。

琪琪忽然感懷身世：「我現在還有別的選擇嗎？」

寶見琪琪猶疑，順水推舟：「要不這樣！我在北京，上海都認識很多朋友，可能幫你找到一份好工作，內地經濟更好，發展機會更好更多……」

琪琪拒絕寶：「我已經決定了……」

寶語塞，她深知琪琪主意已定，不好再勸。

寶內心深處仍憂慮琪琪留在香港會節外生枝。

琪琪在離開前還有一個問題悶在心裡，不吐不快。

琪琪問寶：「既然你已經有了那個女人和其他男人一起的證據，已經可以讓家明離開她了，爲什麼還要我接近家明呢？」

寶不虞琪琪有此一問，本來勝券在握的笑容頓時變得有點拘謹。

琪琪鼓起勇氣終於說出心底話：「我只不過是一隻可有可無的棋子。」

寶生怕琪琪誤會：「琪琪！你爲什麼這麼說？我真的很感謝你肯幫我！不枉我十年前……」

琪琪糾正寶：「你是想讓我報答你！但是你忘記了，當年我沒有要求你做什麼！全部都是你自己提出……」

寶不欲在琪琪面前承認：「別說了，事請已經過去了……我只能說，我不會讓那個女人有任何翻身的機會，不管她怎樣哀求家明，那一刻家明已經不再愛她……」

琪琪苦口婆心問寶：「阿寶！你贏了又怎樣？重要的是家明現在還愛不愛你？」

寶像被琪琪刺中要害，語氣激動：「家明愛不愛我，我不需要跟你解釋，最重要的是我馬上就是他老婆，沒人可以搶走我這個身份……」

琪琪莞爾：「阿寶，說到底，你還沒有回答我，我是不是只是你計劃裏的一個棋子。」

寶沉默，琪琪心知肚明，自己猜對了。

※　※　※

婚紗店裡，寶從更衣室步出，她剛換上一襲雪白無暇的婚紗，對著鏡子顧盼自豪。

此時，職員走到寶跟前，展開笑顏，熱情招待。

「鄺小姐！婚紗已經照你意思改好了，你覺得合不合身呀……」

寶急忙更正：「我先生姓方……」

職員識趣：「不好意思方太太……」

寶對身上的婚紗諸多挑剔：「你們還有其他款式嗎？我還是覺得這件太一般了……不夠獨一無二！」

「店裡剛到了幾襲歐洲的新款，我再拿給你試試⋯⋯但是你先生還沒有來？預約的時間快到了！」

寶從手袋掏出手機：「我打電話給他！」

寶瞥了職員一眼，對方識趣告退。

寶致電家明，可是家明電話卻轉駁留言信箱。

「你在哪兒？我還在婚紗店等你呢！快點回電！」

可是家明一直行蹤杳然，寶在婚紗店呆等。

「你在哪兒？公司電話沒人接，你是不是正在過來呀？我在婚紗店等你呢！」

那天，寶在婚紗店從早坐到晚，家明偏偏不知所蹤。

等到婚紗店關門後，寶憂心忡忡地回家。甫踏進家門，寶被眼前境象嚇了一跳！

赫然發現家明的衣櫃少了很多衣服，行李箱也不見了，抽屜也空空如也，家明連護照都拿走了，可是他從來沒跟她說過，要去別的地方！

家明匪夷所思地在寶的生命裡消失無蹤。

※ ※ ※

寶翌日去了家明公司打探他的下落，找到了秘書小美。

小美見寶，一臉驚詫。

「鄺小姐！老闆上個星期已經請假了！」

寶愕然：「他爲什麼這麼早請假？」

「他說要多留點時間和你一起籌備婚禮嘛！」小美見寶出現心忖不妥：「你不知道嗎？」

寶口不對心：「可能……他想給我一個驚喜……」

小美喃喃自語：「老闆一向都不喜歡驚喜的……」

自尊心強的寶不想小美起疑，自行告退。

寶的直覺在說話，家明是有心避開她，但是他到底去哪裡了？也許他的兩個好朋友會知道，那就是阿輝和阿傑。

於是，寶馬上約了輝和傑在酒吧見面。

輝和傑到來時卻面有難色。

寶看見二人，心裡已經有不祥之兆。

輝故作輕鬆：「寶！很久沒見了！」

傑詐傻扮懵：「怎麼想起請我們倆喝東西？」

寶語氣冷冷問二人：「你應該知道我找你們來的目的？」

胸無成府的傑打開天窗：「阿寶，感情的事不能勉強！家明的心已經不在你這兒了，你留住他的人也沒有用！」

輝立即向傑打眼色，怕他說的越多錯越多。

「你閉嘴呀，人家的事你別多嘴呀。」

「我說的是事實！家明忍她很久了！做兄弟的當然要幫兄弟說話啦！」

寶心裡愈來愈感不安：「你們兩個說什麼呢？我是問你們知不知道家明在哪裡？」

「家明去了馬爾代夫！」

寶大吃一驚：「和誰呀？」

傑搶白：「當然是和新女朋友了！」

輝大力拍打傑的肩膊：「夠了！都叫你別多嘴啦！」

「他們已經分手啦！」傑不肯閉嘴，愈說愈多：「阿寶！你們已經分手了，你就別八卦啦！家明現在幹什麼都不關你事！」

寶氣炸了肺，提高聲音：「我什麼時候和家明分手了？誰說我倆分手了？」

輝和傑聽到寶的說話面面相覷，最後輝平心靜氣告訴了寶：「家明說走之前會和你說清楚不結婚，因為他已經找到一個比你好一百倍的女人！」輝知道自己說得有點過份：「我先聲明，我只是覆述家明的話，100% 原文照錄，絕沒添加個人意見！」

輝的說話鑽進寶腦海，如一百隻蜜蜂在裡頭嗡嗡作響，寶只感天旋地轉，頭痛欲裂。

※　※　※

轉眼間，家明已經失蹤了一星期。

寶回到娘家，後父坐在沙發看電視，寶媽在大廳點算禮餅，並按著手上的親友名單打電話。

寶媽對著電話：「喂！姨婆呀？是呀！前兩天才回來！你明天有空嗎？我去給你送喜餅，還有婚宴那天記的早點到呀！可以打打牌！」

寶媽滔滔不絕地致電親友報喜訊。

寶什麼也沒說，逕自回到房間。

寶眼看母親喜孜孜地在聯絡親友，報告喜訊，啞巴吃黃蓮的她卻不能告知親戚朋友，新郎家明現在下落不明。

一籌莫展的寶急得如熱鍋上的螞蟻，此時，手電剎地響起！

寶一看螢幕，大喜過望，竟是家明打來！

寶馬上接聽：「家明！你去哪裡了？」

電話筒那邊的家明語氣平靜：「寶！有空出來聊聊嗎？」

「你在哪裡？」

「我就在樓下！」

寶氣急敗壞跑到大廈樓下，一個熟悉的身影已在等候。

寶定睛一看，沒見多時的家明，彷彿判若兩人，他神清氣朗，狀態甚佳，還曬了一身古銅色皮膚。

家明有點歉意：「很久沒見！」

「你真的去了馬爾代夫？」

家明點頭。

「我以前總是叫你陪我去，你說怕熱又不喜歡游泳！怎麼現在又喜歡去了？」

「寶！我們先說點別的好不好？」

寶對着家明連珠爆發：「我知道你認識了別的女人！這件事我們可以先不說，但是你要答應我，要和我先結婚！之後的事，我再慢慢想辦法解決！你也知道這個婚禮對我多重要！喜帖都發了，媽媽也從英國回來了，大家都知道我要嫁給你！你不能隨隨便便說走就走，你有沒有想過我的感受呀……」

家明無奈地道：「寶！我知道我對不起你……」

寶大叫：「我現在不想聽你道歉！我不在乎！我只在乎一件事，你和我還結不結婚？」

家明反問寶：「結婚對你真的那麼重要？」

寶又急又氣：「不是結婚對我重不重要！重要的是我和誰結婚！家明！你答應我，一定要跟我結婚！」

家明仍然語氣堅定：「如果我不答應呢？」

寶晴天霹靂，她從沒想過家明會如此絕情，一時之間，失魂落魄，手足無措。

此時，在家明座駕走出了一個人。

「家明！你倆還沒說完呀？」

寶定睛一看，說話的那個人，竟是琪琪！

※ ※ ※

話說那天在沙灘，琪琪跟寶道別後，一個人乘計程車離開。

計程車沒把琪琪送回所住的小賓館，反而把琪琪送到一座大廈前。

琪琪在大廈前佇立了一會，一個熟悉的身影出現在她視線。

那是家明。

琪琪站在遠處朝著家明招手，家明看見琪琪，一開始以為自己眼花，自從跟她斷了音訊後，家明想琪琪想得牽腸掛肚，他心灰意冷地認為彼此不會再見，怎料在這個黃昏，伊人重現眼前！

家明跑到琪琪身邊，滿心歡喜地把她抱在懷裡，抱得緊緊，因他要肯定一切都不是夢。

琪琪離開沙灘，跟寶道別後，在那一程車的時間裡，琪琪思潮起伏，回顧自己半輩子，為什麼總是倒楣透頂，幸運之神永遠敬而遠之。

琪琪認定家明是如假包換的理想對象，難怪寶千方百計要留他在身邊。

這一刻，琪琪動了歪心，她已經想將家明據為己有。

情場如戰場，要愛就要搶，琪琪正式跟寶開戰。

※　※　※

此時，家明向寶說出了心中決定：「寶！我是不會和你結婚的，趁現在還有時間不如早點取消酒席吧，錢沒有就算了，我不介意！」

寶激動地指著琪琪：「你一直和她在一起？她就是那個女人？」

家明不語，但已經給了寶答案。

寶怒火中燒地走到琪琪面前，狠狠地摑了琪琪一掌。

「八婆！你搶我的男人！」

吃了一驚的琪琪一點也沒退縮：「你忘記了，是你讓我這麼做的！」

「你忘恩負義，你忘了我怎麼對你啦！哪次你有難不是我第一時間幫你，你現在這樣對我？」

琪琪語調委屈，惹人生憐：「寶！我知道你對我好！但感情的事真的很難說，就當我對不起你！我真的很喜歡家明！你讓我和他在一起吧！」

寶暴跳如雷：「那誰給我機會呀？琪琪！我是你最好的朋友！你怎麼忍心搶走我最珍貴的！」

琪琪突然收起溫柔，變得冷漠：「阿寶！你是不是太一廂情願了？我從來沒把你當最好的朋友！」

「你說什麼呀？」

「我跟你很久沒見了，你知道這麼多年我是怎麼過的嗎？

阿寶！你有多瞭解我呀？我已經不是十年前的琪琪了！我不會再任你擺佈！或者再說明瞭一點，我不會再那麼容易聽你的話！我只相信一樣事，我的黴運過去了，以後我要爭取自己的幸福！」

琪琪一字一句，斬釘截鐵。

寶冷笑：「你以為你可以嗎？我現在就和家明說！是我給錢讓你接近他！你只不過是我計劃裡的一個棋子！你猜他還會不會喜歡你？」

家明此時走過來插嘴：「琪琪將所有的事都告訴我了！阿寶！你為了和我在一起，竟然做了那麼多壞事！雖然瑪麗的死與你無關，但是你會安心？你一點都不後悔嗎？」

寶死不悔改地道：「那個賤人該死！這就是搶人男朋友的報應，老天有眼！」

家明看着眼前變得陌生的寶，十分失望：「爲什麽你會變成這樣！爲什麽我會和你在一起！」

家明正想拂袖而去，寶偏偏死纏不放。

寶哀求：「家明！你不要走！」指著琪琪：「你不要和這個賤人在一起，我答應你我改！以後你要我做什麽都可以，婚

禮那天你一定要出現呀！」

家明暴喝一聲，甩開了寶：「我不會跟你結婚的！你死了這條心吧！」

家明轉身，怒氣沖沖離去。

此時，琪琪上前假惺惺地安慰寶。

「如果我是你，我就回去洗個臉，好好的晚一覺，明天再出去找個男人！阿寶！人最重要的是懂得認輸！雖然我不敢肯定家明最愛的是不是我？但是我可以很肯定的告訴你，他已經不愛你了！」

寶聽着琪琪的冷嘲熱諷，臉容漸漸繃緊，琪琪一字一句都如利刀刺進寶心房。

「還有一件事，我見過陳明！告訴他十年前你和他在一起只不過是想讓他甩了徐莉，他知道後很生氣！我看你最好還是別再找他了！」

家明遠遠叫琪琪催促她上車:「別理她了！我們回去吧！」

琪琪臉容從真誠變得奸詐，「寶！你終想不到會被自己的棋子將了一軍吧？」

琪琪趾高氣揚地拋下寶，走回家明車上。

寶目送家明和琪琪坐車離去，她此刻輸得一敗塗地，她連求救的力氣都沒有。

※　※　※

這個早上，寶家賓客絡繹不絕，寶家掛滿了囍字裝飾。

大家也期待新郎來接新娘，但是等了半天，新郎還未出現。

賓客們暗感不對勁，都在竊竊私語。

寶媽走到寶房敲門。

「阿寶！你要不要打個電話給家明呀？是不是堵車了？怎麼這麼晚了還沒到呀？再不來就來不及註冊了……」

寶房內陷入寂靜，良久沒人回應。

寶穿著婚紗，默然坐在梳妝枱前，寶在鏡子上看著自己的樣子，濃妝艷抹外是一具被挖空了靈魂的軀殼，她的心被撕開了一片又一片，散落地上，永遠縫合不了！

你朋友是方太太？

八

你朋友是方太太？

時光荏苒，回復單身後的寶，已有一年。

失戀沒把寶害得永不超生，她沒有自暴自棄，也沒有借酒銷愁，日子依舊要過。在世上千千萬萬個被愛人拋棄的可憐女人當中，寶從來不是唯一一個。

可惜從前寶是家明寵愛的金絲雀，不愁吃不愁穿，沒有家明的照顧，她逼不得已又要重新投入社會，自食其力。

寶現在是一名地產經紀。

這天，寶正帶著一對新婚夫婦去看樓盤。

寶向客人落力推銷，笑容可掬：「兩位，這個新樓盤在這區真算是物超所值，實用面積接近九成，樓層又高。」她打開

窗戶：「前面沒有樓擋著，不會有屏風樓，一萬二一尺很划算啦，如果不是屋主急著套現，很難有這麼超值的……」

新婚夫婦沒多在意寶的介紹，二人在單位走了一圈，但是看臉色似乎不太滿意。

「兩位是不是有什麼問題？」

女客人率先開口。

女客看着寶：「鄺小姐，請問你結婚了嗎？」

寶不虞有此一問，半響才答：「沒有！」

「你有沒有打算結婚？」

寶只感莫名其妙，但是客人永遠是對的，唯有保持禮貌笑容：「暫時沒有。」

女客眼神流露嫌棄之情：「那怪不得了！你還沒結婚，怎麼能明白我們剛剛結婚的心態呢！你一直推銷這房子很便宜很划算，但是我們是拿來自住不是拿來炒賣的！」向寶指著單位的房間：「你看看房間，小得像鳥籠，如果我們以後有了小朋友怎麼夠住呀？還有這個區裏也沒有什麼名校，校網這麼差，很難幫我們的子女找學校啊！」

「黃小姐……」寶還想轉個角度繼續推銷。

女客搶白糾正寶：「我先生姓陳！」

寶按捺不住：「陳太太，那你有什麼提議？」

女客最後露出狐狸尾巴：「要不這樣！你叫業主便宜點！便宜點我們可能會考慮！」向身旁的丈夫撒嬌：「老公你說對不對？」

男客言聽計從：「老婆，你拿主意就行了！」

寶唯唯諾諾：「我試試跟同業主談談！」打蛇隨棍上：「陳太太！既然你已經說了自己的要求，趁有時間我這兒還有其他的樓盤，要不現在帶你過去看看？」

「我沒時間了！我們還要去酒店試菜呢！」女客對著寶滔滔不絕：「你未知道結婚真的很多事要操心！零零碎碎的很多事！不過忙得還挺開心！」

突然又對寶起了興趣：「鄺小姐，老實說，你這麼漂亮這麼能幹怎麼還沒結婚呀？啊！是眼光太高了吧？這個世界你選人，人選你呀！」

面對女客人言詞刻薄，寶不能還擊只有陪笑。

「陳太太，我哪有你那麼好的福氣呀！」

女客把頭靠向丈夫，一臉嬌縱：「你別把他說的那麼好！是我肯遷就他才對！」

「陳太太！要不看完再去試菜，很快的！」寶依然落力推銷。

女客被寶哄得開心：「好吧好吧！看鄺小姐你人這麼好，去就去吧！你這麼進取，怪不得沒結婚啦！有的是姑婆小金庫！

哈哈哈！你不要介意呀，我很喜歡開玩笑！」

寶皮笑肉不笑：「怎麼會呢，那我們走吧！陳先生陳太太！」

寶跟客人又去了下一個單位看房在客人面前，寶絕對笑意迎人，現在工作是她的生計，必須做好它，哪有時間在乎別人的諷刺！

寶一個人在地產公司工作，隔壁的女同事收拾行裝，預備離開，經過寶的座位問道：「阿寶！一起吃飯嗎？」

寶搖頭：「不去了！我還有很多事沒做呢！」

同事不勉強：「那你一會兒自己鎖門啦！」

「習慣啦！」

「明天見！」

此時同事電話響起，接聽電話的樣子很甜蜜：「馬上來了！不想吃飯想先看電影？那你去買票吧！行啦行啦，見面再說吧！」女同事喜孜孜離開公司。

寶一個人留在在公司埋頭苦幹，說不出的寂寞。

忽然，有一個男人走進地產公司。

「請問，有沒有新的商業大廈租盤可以看看？！」

寶抬頭，看到這個男人竟是沒見一年的陳明。

寶和陳明面面相覷，彼此也想不到會在此時此刻重遇！

陳明和寶到餐廳聚舊，二人沒事一樣，言談甚歡。

「為什麼找新辦公室呀？得罪人要搬家呀？」

陳明糾正寶：「是生意太好了，擴充營業！」

寶舉起桌子上的一杯開水，跟陳明乾杯。

「恭喜你大展鴻圖！」

「這麼沒誠意！以水代酒？」陳明向侍應招手：「勞煩！」

侍應走到陳明跟前。

「先生！想要什麼？」

「幫我點菜！再來瓶好酒！」

一會兒後，枱上滿桌子菜，陳明和寶乾了一杯又一杯。

陳明和寶喝得臉頰緋紅，有點醉意。

陳明借幾分酒意，終於鼓起勇氣：「阿寶！爲什麼這麼久你都不找我？」

原來寶還是清醒得很：「你知道爲什麼！」

「因為琪琪來找過我？」

寶不語，這個名字，已經很久沒出現在自己的生命裡。

寶語氣決絕：「我不想知道他們的事！　」

「你是不是怕我介意那件事？」

「你不介意嗎？」

陳明沉默，跟寶四目交投。

陳明輕聲細道：「如果我說不介意呢？」

寶心裡湧現一陣暖意。

寶嫣然一笑：「要不再叫一瓶酒？」

「還喝？」

「因為今晚我和你一樣，都很開心！」

陳明和寶相視而笑，二人已經冰釋前嫌，既往不究了。

※　※　※

陳明偵探社新址喬遷之喜。

寶悉心打扮祝賀陳明，寶到達偵探社，滿室都是陳明客人和朋友送來的花籃和禮物，但奇怪是偏偏一個賓客也沒有。

陳明親自上前迎接寶。

陳明看見明艷照人的寶，神為之奪。

陳明不失幽默:「歡迎今天第一位也是唯一一位的來賓！」

寶大替陳明擔心:「爲什麼一個人都沒有？你得罪人了？」

陳明為寶遞來一杯紅酒：「應該是吧！」

「應該？」

陳明聳聳肩：「你以為我開的是酒吧還是大酒樓？要找劉德華和郭富城來剪綵呀！我的客人就怕讓別人知道找過我！有些還是老公老婆，老爸和孩子一起找我，送花牌已經很給面子啦！」

寶大發嬌嗔：「那怎麼辦？叫我來又靜悄悄的！我的禮物可花了很多錢呢！」

「叫你來就是想請你去喝入伙酒！」

「只有咱倆？」

「不行嗎？」

「那就要吃好點啦！祝你大展鴻圖嘛！」

陳明開懷大笑：「早料到你了！早在福記訂好位子啦！」

此時，又有花店職員送花來了。

「陳明先生收花！」

陳明跟職員交收，但看了一眼卡片，面色微變，鬼鬼祟祟地把卡片放進口袋中。

寶看見職員送來的竟是一盆蘭花！

寶做夢都記得蘭花那獨一無二的芳香，因為它代表一個讓她永遠不能忘記的人——琪琪！

寶沒想到今天會跟這種熟悉的氣味重遇。

寶試探陳明：「這盆花很漂亮！誰送來的？」

陳明眼神閃過一絲忐忑。裝作若無其事：「一個舊客人！」還匆匆轉換話題：「走吧！這個時候會堵車⋯⋯」

陳明裝作匆忙推寶離開辦公室。

寶臨走時視線也沒有離開過那盆蘭花。

※　※　※

第二天，寶來到花店東張西望，挑選鮮花。

花店老闆是個中年漢，一見有寶這樣的美女光顧，殷勤相迎。

「美女！想買什麼花呀？」

「老闆！我有個朋友前幾天在這兒買了盆蘭花。」

從手袋掏出一張卡片：「送到這個地址……你還有沒有印象？」

花店老闆一看卡片，馬上記得：「你朋友是方太太？」

寶料不到家明和琪琪已成夫婦，心中有刺。

老闆追問：「是不是方太太？」

寶強裝冷靜地點頭。

「方太太是我們的熟客！她一回香港就會來我這兒訂花到北京！」

寶錯愕地道：「北京？」

「是呀！他們倆夫妻搬到北京半年啦！你不知道嗎？」

寶語氣平靜：「我當然知道！我就是想訂花送給他們兩夫

婦……慶祝他們結婚一周年嘛！」

「那你想訂什麼花？」

寶不假思索：「當然訂她喜歡的那種蘭花吧！」

「荷蘭鈴蘭呀？」老闆眉頭一皺：「好像缺貨！」

老闆走到案頭，打開電腦：「我看看那邊有沒有貨……我告訴你，訂鈴蘭賀人結婚一周年正合適！你知不知道，鈴蘭代表浪漫和幸福，在法國每逢五月一號，男孩都喜歡把鈴蘭送給喜歡的女孩！相傳這樣幸福就會降臨在兩個人的身上！」

花店老闆滔滔不絕，寶聽到心中卻百般滋味在心頭。

老闆對著電腦屏幕眼前一亮：「你運氣真好！還有貨！不過比之前的價錢貴點，有沒有問題？」

「沒問題！」

「送到哪裡？」

「北京！不過……我忘記帶他們的地址了……」

老闆完全沒覺得有問題：「沒關係，方太太好像有留了張名片！」

他打開抽屜掏出卡片：「在這裡……是不是這個地址？」

花店老闆把名片交給寶。

寶拿著名片，感觸良多，她終於知道了琪琪和家明的下落。

此時，又有客人光顧。

「老闆！買花！」

花店老闆去招呼客人。

寶趁沒有人，偷偷把家明名片放進袋中。

正當，花店老闆送走客人，卻已不見了寶的蹤影。

仇恨　　在

寶　身體裡

已經　是

一頭怪物

九

仇恨
在寶身體裡
已經是
一頭怪物。

北京商業區的黃昏，天色陰沉，街上熙來攘往都是下班的人群。

其中一個，正是家明。

歸心似箭的家明徒步走回家，沒多久便進了一住宅大廈。

家明一直沒有發現有人在背後跟蹤自己。那個人就是一年前被他拋棄了的寶。

一個月前，寶在北京找到一個單位，位置就在家明和琪琪家的對面。

從此，寶每天都在單位裡監視著琪琪和家明一舉一動。

寶每天在望遠鏡裡看到琪琪和家明在卿卿我我。

琪琪和家明的幸福生活令寶愈看愈妒火燒心，她的精神狀況一天比一天差。

這一年來，寶沒有從仇恨中釋放自己，她只是學懂了把仇恨收藏得更深更隱蔽。

漸漸地，仇恨在寶身體裡已經是一頭怪物，吃的是她痛苦的回憶，怪物只會愈長愈大。

寶卻不自知藏在自己身體裡的那頭復仇怪獸，早已越來越不受控制。總有一天，怪獸會從寶的體內走出來張牙舞爪，到時會反過來支配著寶。

就在那天，寶終於致電給琪琪。

琪琪竟然收到久違的寶的電話，寶單刀直入威脅琪琪離開家明。

琪琪不從，寶恫嚇琪琪。

「今天你是不是找人去過家裡檢查煤氣？」聲調教人不寒而慄：「你真的能肯定那個人是煤氣公司派來的？」

琪琪心中湧現一陣不祥之兆。

寶語調深沉：「你說對了！我沒本事搶回家明，但是我有本事讓你不能和他在一起！」

寶說罷，突然掛斷電話。

琪琪對著電話筒大叫：「喂！喂！」

此時，琪琪背後傳來家明的聲音。

「你還打電話？我說出去吃飯，我先洗澡啦！」

琪琪直奔浴室，家明突然又從浴室步出。

「忘記拿衣服就進去洗澡了！真是糊塗！」家明摸摸頭，一臉冒失。

琪琪驚惶失措：「快走！快走！」

家明不解：「走什麼呀？」

琪琪拖着家明，一口氣跑到大廈樓下。

家明打量着琪琪花容失色，心裏浮現不妥，立時追問她。

「究竟發生了什麼事？」

事到如今，琪琪也知瞞不了家明。她將寶剛才來電一事和盤托出。

家明得悉寶終於找到他們，臉上閃過一絲愠色。

「現在怎麼辦？」琪琪聲音細細，輕輕捉緊家明的手。

家明沉默半響，眼神堅銳地安慰琪琪：「就算寶真的找來也不用怕，我們光明正大，她才是見不得光！」

家明的說話頓時教琪琪如釋重負。

她慶幸家明的心一直都有自己的位置。

家明致電到物業管理處，派人到家裏檢查煤氣，最後發現一切正常。

「如果你還是擔心的話，要不我去報警？」家明問琪琪。

「不要！」琪琪連忙拒絕，「我猜寶也是虛張聲勢，她不敢亂來！」

琪琪不願報警的真實原因，是她跟寶的恩怨千絲萬縷，說穿了自己也不是清白之身，所以家醜不出外傳。

「那這幾天你不要接電話」家明安撫琪琪：「待我從美國回來後，我們去找房子。」

家明幾天後要去美國公幹，本來琪琪今天正在家裏弄了一桌佳餚跟他共享。

就是寶這一通電話，白白糟蹋了琪琪一番心血。

琪琪想到寶不會就此放過自己，心裏忐忑不安。

琪琪一夜無眠，躺在床上，輾轉反側，不知過了多久，望出窗外已經天剛魚肚白。

琪琪看着沉睡夢鄉的家明，家明鼻鼾聲隆隆作響。

從前琪琪會嫌棄家明的鼻鼾聲，害她難以入睡，早晚催促他到診所掛號進行手術。

可是今天琪琪聽着家明的鼻鼾聲，卻感到一份前所未有的踏實和溫暖。她愛的男人，活生生地睡在自己身邊。

琪琪睡不着，起床為家明預備早餐。

琪琪剛進廚房，門鈴聲便響起。

琪琪走去開門。

大門打開，琪琪心下一懍。

此時，琪琪背後傳來家明的聲音。

「寶？你怎麼會在……」

家明還沒說完，忽然覺得肚子劇痛，這才發現一把刀正從身體拔出，血如泉湧。

襲擊家明的正是寶。

家明驚叫退後，寶還想再刺家明，家明用手擋了寶數刀，琪琪見家明遇襲，奮不顧身跟寶搏鬥。

受傷的家明跌倒地上，已無知覺，生死未卜。

琪琪和寶這對死敵終於要有一個了斷。

琪琪和寶自相殘殺，琪琪身中多刀，但是昏倒前仍舉起廳中那盆蘭花砸向寶的腦袋。

蘭花散落地上，琪琪看着倒在血泊中，奄奄一息的寶。

寶雙眼怨毒地盯着琪琪，琪琪嗅到從寶身上散發的強烈血腥氣味。頓時五內翻騰，一口悶氣湧上心頭。

突然，寶用盡最後一道氣力彈起身，她舉起手上的刀撲向琪琪，刀子在琪琪眼前閃過一道森白寒光！

琪琪驚惶大叫。

琪琪眼前一黑。

到了琪琪睜開雙眼，她還在床上。

剛才一切，都是琪琪的一場夢。

琪琪望着身邊的家明，仍舊如一頭豬般呼呼大睡。

琪琪背上爬滿冷汗，她回憶夢中發生的一切栩栩如生，特別是那到教人反胃欲吐的血腥味，仍然在琪琪的嗅覺裏縈繞不散。琪琪心裏起了不祥預感。若然事情不好好處理，難保會噩夢成真！

※　※　※

夜幕低垂，一輛計程車停在酒吧區外。

一名女子從車廂不出，正是琪琪。

琪琪還未站穩腳步，忽然一個男人拖着一個女人，男人粗暴地推開琪琪，打開車門，把身邊那個醉得腳步飄浮，神智迷

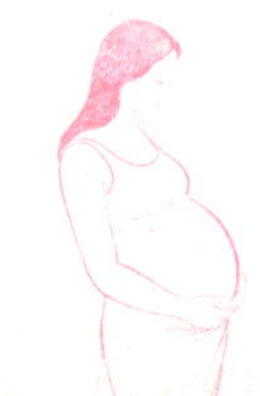

糊的女人塞進車廂。琪琪此時瞥見女人用盡最後一絲力氣，不情不願地在掙扎。

琪琪心知肚明女人跟男人並不相熟，女人大概不知什麼原因來到酒吧賣醉，多喝幾杯後，被男人盯上，不幸送羊入虎口。

男人回頭怒瞪了琪琪一眼，暗示她不要多管閒事。

可是琪琪對著男人全無畏懼，反對著他作了一個似笑非笑的輕蔑表情，轉身揚長而去。

事實上，琪琪從沒想過挺身而出，在男人手上救回女人。

琪琪反更認為一個不懂保護自己的女人，最後置身險地也是咎由自取，不值同情。

而且，琪琪今晚有更重要的事情要辦，她實在無暇理會一個陌生人的安危生死！

因為就算要救，當務之急，她更要救自己。

琪琪到達橫街窄巷裡的一家小酒吧。

琪琪推開大門，逕自走向角落的一枱，此時一陣混雜了酒精，香煙和地上嘔吐物的臭味撲鼻而來。

琪琪對這份教人欲吐的難聞氣味記憶猶新，那是她今時今日不想再去重溫的歲月，混雜了不知多少個日夜被折磨得不似人形的噩夢。

琪琪掩着鼻子，跟座位上一個醉眼惺忪的男人打個照面。男人打量着眼前的琪琪，臉上流露一絲驚詫。

「是你？」

「很久不見！」

琪琪面前這個蓬頭垢面，滿身寒酸的男人，是久違了的強。

我

太了解你

你會為錢

做任何事

十

我太了解你，你會為錢做任何事！

第二天，琪琪一個人出門。

今天起床以後，琪琪總是心神恍惚。

正在車站等車，琪琪手提電話突然響起。

來電者是家明，他在美國剛下飛機，致電給琪琪報平安。

「這麼早便上街？」家明從電話裡聽出琪琪深處街上。

「睡不著，出來走走！」琪琪話說出口，生怕會令家明擔心，於是故意強調一件事：「阿寶沒有再打來……」

家明那邊沈默片刻，半響才放心下來，「我跟客戶溝通好了，他們願意縮短這次的行程，所以我會提早一天回來！」

琪琪聽到家明願意為她放下工作，心裡是深深感動。

「想你！」琪琪告訴家明。

「我也想你！」家明叮囑琪琪，「等我回來！」

琪琪收綫後，才瞧見寶不知何時已經佇立在自己身旁。

寶語調輕輕，但充滿恨意，「是家明嗎？」

琪琪點頭。

「搶人東西的感覺很痛快嗎？」

琪琪沒有被寶的說話刺激情緒，反而回答得理直氣壯。

「首先，我從沒覺得這是搶，我只是爭取，爭取我認為值得擁有的東西，這東西名叫幸福！」

「你不記得當初我怎樣幫你？是我幫你離開那個混蛋老公？要不是我！你早被他打死了！」

「但你幫我是有條件的，你從頭到尾也只把我當成一隻棋子！」琪琪眼神銳利，不怒而威：「不過你想不到這隻棋子最後會背叛你，害你一無所有！」

寶看着闊別一年的琪琪，早已脫胎換骨。

寶留意到琪琪耳上那對紅寶石耳環，她記起很多年前自己也有相似的一對。

寶霎地回憶有天回到宿舍，打開抽屜裡的首飾箱，赫然發現那對耳環竟然不翼而飛！

寶心中起疑，究竟是誰順手牽羊？當然嫌疑最大，必定是同處一室的琪琪。

但寶覺得這樣懷疑最好的朋友，心裡有種不安如影隨形。

過了一天，寶再打開首飾箱，那對紅寶石耳環原封不動地在裡頭，彷彿從來都沒離開過。

寶心知肚明，耳環沒有腳，不會懂得自己走路回來。

但寶一直沒跟琪琪提過這件事，畢竟只是一對耳環，犯不著傷了姊妹的感情。

但現在回想過來，寶終於恍然大悟，琪琪早在很多年前已經對屬於她的東西虎視眈眈。

從前是那對耳環，現在是她深愛的男人。

「寶，你要怎樣才肯離開家明？」琪琪突然向寶問道。

寶聽到後只感啼笑皆非，這句說話應該是她向琪琪說才對！

「不如你開個價？多少也好！我和家明也會儘量滿足你！」琪琪說得一臉誠懇。

從前都是寶接濟琪琪，料不到現在卻變成琪琪施捨寶。

「夠了！」被琪琪惹惱了的寶，暴喝一聲！

「寶！你接受現實吧！家明是不會跟你在一起！」

琪琪從頭到尾打量寶一番，「這一年，你也吃了很多苦！這點錢就當是我和家明補償你！」

寶看着穿戴富泰，意氣風發的琪琪，氣場上確是甘拜下風。

寶不肯認輸，咬實牙根向琪琪拋出一句詛咒。

「你等著瞧！我就算死也不會放過你！」

寶一氣之下轉身離去。

突然，一個身影走到寶身旁，雙手一推，把她推出馬路。

寶失足倒地，還未定過神來，一輛貨車正迎面駛來……

寶被貨車撞到，彈飛老遠，躺在血泊中。

寶死不瞑目。

馬路上橫生意外，途人見狀驚慌失措，無不嚇得心膽俱裂！

琪琪目擊寶頃刻之間死於非命，呆立當場，但在極度震驚的臉容上，卻閃過一絲如釋重負的暢快。

寶死了，琪琪終於放下心頭大石。

她終於自由了。

琪琪清楚目睹那個把寶推出馬路的身影，原來是個男人，畏罪的男人拔足逃跑。

男人驀地回頭望向琪琪，琪琪跟男人四目交投。

琪琪當然認識這個男人，因為他是自己的前夫強。

※　※　※

琪琪回憶起昨晚在酒吧跟強久別重逢。

琪琪打開手機，向強展示了一張從前跟寶的合照。

強醉眼看了一眼相片，「我認得她，她是你的姊妹。」

「我想你幫我解決了她。」琪琪冷冷道。

強莫名其妙，「為什麼？」

「你不用知道原因。」琪琪拍拍隨身的手提包，「我這裡有五十萬，是給你的訂金。事成後再給妳五十！」

強目光一直沒有離開琪琪那個手提包，但思前想後還是有點忐忑，「你怎會覺得我會幫你？」

琪琪冷笑，「我太了解你！你會為錢做任何事！」

強不出聲，琪琪確實說中了他。他就是一個見錢開眼的人。

「你想我何時下手？」強答應了琪琪。

「我也不知道。」琪琪一籌莫展，「因為我也不知她在哪裡？」

強一怔，「那怎麼辦？」

「明天開始，你一直跟在我身邊，我相信寶一定有現身！」琪琪一副胸有成竹。

心思縝密的琪琪終於證明自己推測正確。

今天，寶真的出現在她面前。

一直跟蹤琪琪的強看準時機，終於等到寶現身，成功完成任務。

回到案發現場，琪琪目送強消失在人海之中。

此時，警車和救護車陸續到達，圍觀的人群愈來愈多。

琪琪靜靜地離開了。

※ ※ ※

黃昏時份，外面下起滂沱大雨。

琪琪整天躲在廚房裡，預備晚餐。

今天是家明從美國回來的日子。

自從寶離開了這個世界後，琪琪終於如釋重負。

琪琪處心積累除去了寶這個心腹大患，她心安理得地享受眼前的幸福生活。

以後再沒有人可從她手上搶走家明。

此時，琪琪手機響起。琪琪接聽，是家明來電。

「下機了？」琪琪語氣洋溢喜悅。

「已在車上，差不多到家。」

「晚飯已準備好，全是你最喜歡吃的菜色！」琪琪嬌聲細語：「快點回來！掛念你！」

「我也掛念你。」家明的回答，教琪琪心頭一暖。

窗外天邊，忽然停雨了。

一陣芬芳花香撲鼻而來，琪琪看着客廳那盤盛放的文心蘭。

琪琪恍然記憶就是這盤蘭花，讓她跟家明情投意合，難捨難離。

此時，琪琪手機收到一個短訊。

琪琪看見屏幕上出現的一個名字，大吃一驚。

這條短訊竟然是由已經不在人世的寶所發出來。

琪琪緊張兮兮地打開短訊，發現裡面藏著一段短片。

短片內容是一段閉路電視畫面，時空正是那個晚上，琪琪來到酒吧找上強，重金利誘他幫她解決寶這心腹大患。

「我想你幫我解決了她！」

「為什麼？」

「你不用知道原因，我這裡有五十萬，是給你的訂金。事成後再給妳五十！」

琪琪看着片段，耳邊轟一聲，全身發麻，動彈不得。

琪琪愈看愈心裡發毛，自己買兇殺人的罪證，原來早被人偷偷拍下來。

琪琪心知肚明這個人當然不是已死去的寶。

但又會是誰？

琪琪百思難解之際，門鈴響了。

琪琪開門，心頭一懍，幾個警察站在門前。

其中一位便裝探員向琪琪亮出委任證。

「沈小琪小姐，有一宗謀殺案想請你回警局協助調查……」

「我不知道你們在說什麼。」琪琪努力保持鎮定，「我不會跟你們回去……」

「沈小姐，我們剛剛拘捕了程偉強，在他家中搜出了你給他的錢，他亦供出了這些錢是你支付他殺害鄺美寶的酬金！」

琪琪呆住，暗抽一口涼氣。

探員們是有備而來，琪琪勢難置身事外。

琪琪臨走前，始終按捺不住好奇心地問探員。

「你們也收到那段影片？」

探員不虞琪琪有此一問，但職責所在，絕不能向疑犯透露案情。

「沈小姐，我們可以走嗎！」探員刻意迴避話題。

琪琪從探員的微表情已得到答案。

可是琪琪仍然憤憤不平，究竟是誰人偷偷拍下她跟強交易的罪證？

好朋友之間是應該説真話的

尾聲

好朋友之間，是應該說真話的！

陳明在辦公室裡，讀著一宗網上新聞。

新聞標題相當聳人聽聞：「年輕女子買兇殺害情敵，兇手身份出人意表，竟是女疑兇的離婚前夫……」

換在往日，這對陳明來說不過是一宗時空見慣的謀殺案件。但今次的兇手和死者都是自己相識多年的朋友。陳明不禁感觸良多。

陳明清楚記得半個月前，還跟寶在北京碰面。

那天陳明受客戶委託道北京調查旗下公司高層涉嫌受賄，跟客戶說了一個下午，就在回酒店的路上，收到寶的電話。

陳明此時才知曉寶搬了來北京。難怪最近一直沒有她的消息。

寶最後約了陳明在酒店的咖啡室見面。

陳明乍看見寶，大嚇一跳。

眼前的寶，人消瘦了不少，神情憔悴，判若兩人。

寶當然沒告訴陳明這段日子，她廢寢忘餐只專注做一件事，日日夜夜地監視着琪琪和家明。

寶在手機裡打開了一張相片，展示給陳明。

「我想你幫我跟蹤他！」

陳明看着相片中的男人，「這是誰？」

「他是琪琪的前夫！」相中人正是強，寶答道。

陳明只感奇怪：「你為什麼要跟蹤他？」

但寶的回答更教陳明莫名其妙。

「我也不知道！」寶眼神裡流露一絲狡黠，「我就是等你告訴我結果！」

陳明感覺到寶必定有事隱瞞自己。

「你會答應幫我嗎？」寶凝視着陳明，眼波百轉千迴，語氣似在哀求，但暗地在施壓。

陳明輕輕嘆息，他就是從來不懂拒絕寶。

於是，陳明開始替寶跟蹤強。

強這個人，這幾年活得自暴自棄，每天喝醉的時間必定比清醒的時候長。

陳明調查了強一個星期，他的行蹤和生活習慣其實非常規律，流連的地方不外是賭檔和酒吧。

陳明心裡起疑，寶究竟想從強身上得到什麼秘密？

直到那個晚上，陳明在酒吧意外碰見登門造訪的琪琪，並且偷聽到琪琪利誘強把寶解決的震撼消息。陳強把一切偷偷拍下來。

陳明二話不說，立即回去把影片展示給寶細看，但同時他也問了寶一個問題。

「你幾時找到了琪琪？」

「半年了。」

「你對她做了甚麼？」陳明心知肚明，寶必定是對琪琪不利，琪琪才會怒下殺機。

寶反唇相譏：「似乎是你忘記了，從頭到尾，我是受害者！」

「寶！放手吧！冤冤相報又如何？」陳明言真意切：「放過別人也是放過自己。」

「你是擔心琪琪會找強殺了我？」

「我只是不想悲劇發生！」

「如果我真的被他們害死！那你就是唯一知道真相的證人了！」寶怔怔然地望着陳明：「你一定要替我主持公道，指證琪琪買兇殺人！」

寶說完，緩緩起身向陳明告辭。

「寶，就當我最後一次提醒你！」陳明提著寶的手，鼓起勇氣說一直不敢說的心底話，「你再跟琪琪糾纏下去又如何？最重要是家明已經不愛你！」

陳明說的雖然是狠話，但也是真話。

寶當然比陳明更清楚，在一年之前，她早已被家明拋棄了，這是無論她做什麼也不能改變的事實。

「謝謝你！」寶還是由衷地道謝陳明，「好朋友之間，是應該說真話的。」

陳明看着眼前脆弱與絕望的寶，心如刀割。

「從認識你的第一天，你也是全心全意地想幫助我！」寶眼神閃過一絲緬懷過去的欣慰，彷彿回到了她跟陳明在迎新日初見如故的那一天……

「我很高興能有你這位好朋友！」寶給了陳明一個充滿溫暖的擁抱。

那是陳明最後一次見寶。

※　※　※

一個星期後，那天黃昏，陳明正要啟程回香港，就在前往機場的路上，突然收到警察的來電。

探員在電話中告知陳明，寶被車撞倒，不幸身亡的噩耗。

寶遭逢飛來橫禍，探員一時之間聯絡不上她的家人，卻在寶身上找到一張陳明的名片。

陳明趕到醫院，被探員領到停屍間見寶最後一面。

陳明跟寶上次一別後，如今再見，卻是陰陽相隔。

命運就是如此難以預測的愛跟你我開玩笑。

陳明從探員口中得悉寶的死因並不尋常，現場有人目擊寶

是被一個男人推出馬路後，才被一輛迎面駛來的貨車撞到斃命！

陳明的職業本能立時感覺事有蹺蹊。

「我想看一下案發現場的監控畫面！」陳明向探員提出。

探員奇怪陳明有此要求，臉有難色。

「這好像不合規矩！」

「我可能知道那個男人的身份！」陳明語氣堅定。

既然有破案線索，探員們不敢怠慢。

「好吧！我們盡快安排！」

之後，探員把陳明帶到一個房間。

探員打開一部電腦筆記本，屏幕播放了肇事現場一組閉路電視畫面。

從片段所見，陳明一眼便認出了那個把寶推出馬路的男人就是強。

但更讓陳明不寒而慄的卻是下一個畫面。

當寶被推出馬路，跟蹌倒地後，她沒有立即站起來，反而東張西望，好像在找尋一樣東西。

寶是在找街上的監控鏡頭位置。

最後寶終於找到了，她面向着鏡頭，表情似笑非笑。

隔著屏幕的陳明，此際更像是跟寶四目交投。

此時，一輛貨車告訴駛過，把寶撞飛老遠。

陳明腦海裡迴盪着寶曾對他說過的一句話：

「如果我真的被他們害死！那你就是唯一知道真相的證人，你一定要替我主持公道！」

陳明恍然大悟。

原來寶一直儲心積慮，就是要把陳明捲入她跟琪琪的仇恨漩渦之中。

寶把握了這個犧牲自己的機會，誓要跟琪琪同歸於盡。

寶知道陳明一定會幫助她，因為這是最後一次了！

陳明果然沒有令寶失望。他把當日在酒吧裡偷聽到琪琪和

強合謀殺害寶的真相，全向探員們和盤托出。

探員憑著陳明提供的證據，終於成功拘捕了強。

貪生怕死的強，為了自保，二話不說便供出了琪琪的主謀身分！

陳明離開醫院，探員上前叫住他。

「陳先生，還有一件事要找你幫忙！」

「我已經把所有知道的事情全告知你們。」

探員搖頭，「不是關於案情，而是你知道怎樣能聯絡鄺小姐的家人？」

「她手機裡應該有他們的電話號碼。」

「可是電話需要密碼。」探員把寶的手機遞給陳明，「程序上，我們不能貿然為死者的私人手機解鎖。」

不知哪裡來的勇氣，陳明接過寶的手機。

「讓我試試吧！」

陳明來到醫院外的小公園，嘗試打開寶的手機。

陳明驀然記起寶那天跟他說的最後一句話。

「從認識你的第一天，你也是全心全意地想幫助我！」

陳明的思緒回到那一天在迎新日，他對寶一見傾心，主動上前為她填寫選科表格。

就是那次，陳明把寶的手機號碼記在心中。

如今陳明心血來潮把寶的手機號碼打進手機屏幕，豈料真的成功解鎖。

陳明心裡暗自輕嘆，一切都是寶在天之靈細心安排。

陳明轉念一想，或許寶還有一些心願要陳明幫她完成。

陳明掏出手機，打開那夜偷拍琪琪和強的影片。

陳明將此段影片傳送到寶的手機。

陳明在寶手機通訊錄找到琪琪的電話號碼。

被關在羈留室的琪琪，心裡仍然左思右想，是誰用寶的手機把她跟強的罪證發給自己？

＜完＞

談戀愛切記居安思危，更千萬不要得意忘形地炫耀幸福。因為你永遠不會知道在你情難自控愛昏了頭之際，早已有一個人對你的情人虎視眈眈！財不可露眼，愛不可張揚，情敵永遠如形隨形，防不勝防……

葉念琛 著

書名　《情敵》
作者　葉念琛
主編　施仁毅
設計　銘仁

出版　龍宇宙科技集團有限公司
地址　香港鰂魚涌華蘭路 20 號華蘭中心 21 樓 5 室

發行　泛華發行代理有限公司
地址　香港新界將軍澳工業邨駿昌街 7 號 2 樓

承印　龍宇宙科技集團有限公司
地址　香港鰂魚涌華蘭路 20 號華蘭中心 21 樓 5 室

出版日期　2025 年 7 月

定價　港幣 98 元

國際書號　ISBN 978-988-70756-2-2

圖書分類　流行文學